Hund

is

Hund

AF200860

1. Auflage

Herstellung und Verlag
BoD
Books on Demand
Norderstedt
ISBN: 9783744887076

Hund
is
Hund

Geschichten
und Gedichte
aus Bayern zu einer
anderen Zeit

von
Gabriele Steininger

Inhalt

Wie es zu diesem Buch gekommen ist...

Geschichten aus alten Zeiten werden immer gerne gehört. Meist sind sie kurz und schnell erzählt, so dass man sich kaum satthören kann, an den Erzählungen, wie es früher gewesen ist.

Als Kind habe ich immer große Ohren bekommen, wenn die "Alten" den ein, oder anderen Schwank zum Besten gegeben haben. Zu meiner Schande muss ich gestehen, dass ich mir nicht alles gemerkt habe, doch so einiges ist doch hängengeblieben und damit ich das nicht auch noch verliere, habe ich es aufgeschrieben. Einfach so, für mich alleine, denn es ist ein Stückchen meiner Kindheit, das ich wie bei einem Fotoalbum aufschlagen kann, um die Bilder der Erinnerung wieder abzurufen.

Natürlich haben die wenigen Menschen, die einen Einblick haben über das, was ich alles schreibe, mich dazu ermutigt, auch dieses drucken zu lassen. Testweise las ich ein paar der Geschichten in einem ausgewählten Kreis und die Vorbestellungen dieses Buches, das noch nicht einmal als solches geplant war, überschlugen sich.

Ich teile so viel mit meinen Lesern, auch wenn sie darüber keine Ahnung haben, denn in jedem Buch, das ich schreibe, steckt ein Teil von mir. Erfahrun-

gen und Erlebnisse, Schönes, Ängste und Wünsche. All das kann man aus Büchern herauslesen.

Warum sollte ich nicht auch ein kleines Stückchen
Kindheit mit Ihnen teilen, von dem ich sicher bin,
dass es Sie erheitern, belustigen, oder zum Nach-
denken bringen kann…

In diesem Sinne…

Viel Spaß beim Lesen!

Ihre Gabriele

Der Saupreuße
oder:
Die Sommerfrischler
vom Huber-Bauern

Wenn man in Bayern geboren ist, dann ist man von Feinden umgeben. An allen Landesgrenzen, also an sämtlichen Fronten, lauern fremddialektische Gegner, welche immer wieder in unser schönes, blauweißes Land einzufallen drohen und sei es nur zur Sommerfrische. Dass wir hier vom Rest Deutschlands oftmals als die Deppen der Nation angesehen werden, ist kein großes Geheimnis. Als urtümlich und stur, raufsüchtig und dem Hopfentee nicht abgeneigt, sind wir verschrien und werden von so manchem mit einem Lächeln betrachtet.

Mit diesem Wissen wird man als Bayer aber nicht geboren, sondern es wird einem anerzogen und beigebracht. Eltern, Großeltern, Tanten, Onkeln, Schwäger und Schwägerinnen, Schwippschwäger und Schwippschwägerinnen, Cousinen, Cousins, sämtliche andere nah- und weitschichtig Verwandten und natürlich auch deren Freunde, Spezln und

Bekannte, versuchen einem die Mentalität hierzulande nahe zu bringen. Nicht zuletzt die allgemein bekannten Aussagen, der uns nicht liebenden Rest-Deutschen, machen einen bleibenden Eindruck auf uns. Diese eigenen Erfahrungen als Kind und Jugendlicher mit Nichtbayern, tragen somit zu unserer Erziehung bei und untermauern das Gelernte.

Es sind also viele, die an einem herum erziehen, um letzten Endes einen echten Bayern aus einem zu machen.

Alles in Allem waren, sind und bleiben wir...

-ein besonderer Schlag-

der von vielen geliebt, aber nicht immer verstanden wird.

Es ist nicht schlecht ein Bayer zu sein. Es ist sogar, rein wirtschaftlich gesehen, ein sehr großer Vorteil. Schließlich sind wir Bayern bekannt für unsere Geselligkeit und Gastfreundschaft, unsere Feste und Gebräuche, die bis in andere Länder und Erdteile getragen werden und sich dort sogar etablieren. Alleine das Oktoberfest ist ein richtiger Run in den USA und sogar China hat für dieses Fest begeisterte Anhänger und versucht die landläufig bezeichnete "Wies'n" zu imitieren.

Solidität und Urtümlichkeit zeichnen uns als standhaftes, zuverlässiges Volk aus und auch, wenn sich nicht jeder mit unserem Volk anfreunden kann, so ist er doch von der Natur, den Wäldern, Wiesen und der guten frischen Luft begeistert und wird seinen Urlaub immer wieder gerne an einem der vielen schönen Flecken Bayerns wiederholen.

Nun ist es nicht nur so, dass wir nicht überall gemocht werden, sondern auch wir haben diese spezielle Abneigung gegenüber bestimmten Menschen. Eine Sorte, die wir Bayern besonders "Dick" haben (also nicht besonders leiden können) sind die sogenannten "*Preißen*". Unter diesen Begriff fallen keineswegs die Preußen an sich, was ich hier an dieser Stelle besonders betont haben will. Mit diesem Ausdruck benennen wir jeden, der unser Volk abschätzig anschaut und unseren Intelligenzquotienten unter sechzig beziffert, alleinig weil wir geboren sind, wo wir geboren wurden. Kurz gesagt, jeder, der nicht innerhalb der Landesgrenzen Bayerns zur Welt gekommen ist, könnte ein "*Preiß*" sein.

Dabei ist es, wie bei vielen Dialekten, dass es auf die Betonung ankommt, wie diese Benennung gemeint ist. Daraus lässt sich auch ableiten, dass nicht jeder Preuße ein "*Preiß*" ist und diese Benennung nicht als Beleidigung gegen den preußischen Volksstamm anzusehen ist. Vielmehr sind damit, bei besonderer Betonung des Wortes, ausgewählte Exemplare der restlichen deutschen Bevölkerung gemeint. Nämlich jene, die sich als (verzeihen sie

bitte das nachfolgende Wort, aber ich weiß beim besten Willen nicht, wie ich es anders umschreiben soll) echte *"Saupreißen"* zu erkennen geben.
Von einem solchen Exemplar berichtet die nachfolgende Geschichte.

Der Nachbar meiner Großmutter hatte eine kleine Ferienwohnung. Diese grenzte an seinen Bauernhof an und in den Sommermonaten vermietete er selbige, großzügig wie er war, an einen *"Preißen"*.
An sich war das keine große Sache, weil der feine Herr (Oberstudienrat aus Hamburg) nebst Gattin, beinahe jeden Tag einen Ausflug zu machen pflegte und somit den Tagesablauf des Huberbauern und seiner kleinen Familie nicht störte. Lediglich bei der Anreise und der Abreise stahl er ihm die Zeit und versuchte ihn immer wieder von der Arbeit abzuhalten.
"Ja guten Tag, Herr Huberbauer, da sind wir wieder. Frisch und munter, wie in jedem Jahr", begrüßte er den Bauern schon von weitem. "Ach wie toll sie das Ferienhüttchen immer in Schuss halten für uns", stellte er mit freudigem Lachen fest und schüttelte dem Huberbauern, der eigentlich nur Huber hieß und nur Huberbauer genannt wurde, weil er einen Bauernhof betrieb, bei jedem seiner Worte kräftig und mit Nachdruck, die von der Arbeit verschmutzte Hand.
"Ist scho recht", erwiderte der Huberbauer und

versuchte seine Hand wieder zu bekommen, ohne sie dem Gast einfach wegzuziehen. Dann kratzte er sich verlegen am Kopf und deutete dem Feriengast an, dass der Schlüssel wie immer unter der Fußmatte zu finden sei. Auch in diesem Jahr wollte er sich umdrehen, um wieder an seine Arbeit zu gehen.

Wie die Jahre zuvor gelang ihm das nicht. Kaum war er wieder in Besitz seiner Hand, stürzte sich die Frau des "Preißen" auf ihren Gastgeber und umfing ebenfalls seine Finger mit ihren Händen. Vielleicht nahm sie dazu beide Hände, weil, wenn einer arbeitet, dann hat er Pratzen (große Hände) und wahrscheinlich hatte sie einfach nur Angst, eine ihrer feinen Hände würde nicht für die vom Huberbauern reichen.

"Ja also wirklich, es wird jedes Jahr hübscher hier und die Rosen, wieder einmal prächtig, wie sie an dem hübschen Bogen hochranken. Wirklich ein Paradies. Verraten sie mir doch bitte womit sie diese Pracht düngen", flötete sie voller überschwänglicher Begeisterung.

"Mit Rossmist", lautete die knappe Antwort des Huberbauern, der versuchte seine Hand aus der "preußischen Klammer" der Frau Oberstudienrat zu befreien. Ein verwirrter Blick, von einem verzweifelten Lächeln begleitet, glitt vom Huberbauern zu ihrem Gatten.

"Wie meinen?", fragte sie schließlich.

"Das sind Pferdeäpfel, Hildchen!", klärte sie ihr Gatte auf. Irgendwann zwischen "Rossmist" und "Pferdeäpfel", gelang es dem Huberbauern dann doch seine Hand frei zu bekommen und er versuchte sich erneut von seinen Sommerfrischlern zu trennen, um endlich wieder seiner Arbeit nachzugehen.

"Wir werden uns dann einquartieren und uns ein bisschen frisch machen, Herr Huberbauer", informierte der Preuße seinen Gastgeber, der sich schon abgewandt hatte und nur der Höflichkeit wegen ein weiteres "Ist scho recht", als Antwort hinterließ, bevor er außer Reichweite seiner Gäste davonschritt.

Die Frau vom Huberbauern hieß Resi und als er zur Brotzeit in die gute Stube kam, hatte sie schon lange alles hergerichtet.

"Sind's jetzt wieder da, unsere Sommerfrischler", stellte sie mit fragendem Unterton fest.

"Ja. Jetzt sind's wieder da. Sonst wär i scho lang fertig mit der Arbeit."

"Und was haben die dann g'sagt?", wollte seine Frau wissen.

"Des gleiche, wie jedes Jahr. Aber i weiß ned, wie oft ich der Frau noch sagen muss, dass wir die Rosen mit Rossmist düngen", meinte der Huberbauer und schob sich ein Butterbrot in den Mund.

"Ja mei Sepp, das sind halt Preißen. Die sind ned so schnell mit was merken", gab ihm seine Frau zur Antwort.

In den nächsten Tagen sah und hörte man nicht viel von den Gästen, weil sie ihrer Gepflogenheit nachgingen und dem bayrischen Volk in der Umgebung ihre Anwesenheit bescherten. Bis auf die ausschweifenden Erzählungen, mit denen ihm seine Gäste abends die Schönheit der bayerischen Umgebung näherbringen wollten, blieb er weitgehend verschont. Die meisten Begegnungen zwischen den Gästen und dem ländlichen Volk, bekam er aber schon vorab zu hören. Die Dörfler beschwerten sich bei ihm, über das unmögliche Verhalten seiner Gäste. So berichtete ihm die Krämerin, dass sie versucht hätten mit ihr zu feilschen, weil ihnen die Äpfel zu teuer wären. Der Wirt hatte ihn angesprochen und ihm unterbreitet, er möge seine "Saupreißen" doch nicht mehr in sein Gasthaus schicken und auch der Bader hatte sich aufgeregt, weil dem feinen Herrn der bestellte Haarschnitt im Nachhinein dann doch zu kurz gewesen war. All das ließ der Huber über sich ergehen und doch kam es ihm gerade recht, da sie in der Zeit ihrer Unruhestiftung nicht auf dem Hof waren.

Gerade in diesen Tagen erwartete er einen neuen Stier und der Viehhändler konnte nicht sagen, wann genau er ihm den Bummel bringen würde. Die Ankunft des Tiers traf sich gut im Zeitpunkt, denn der Herr Oberstudienrat nebst Gemahlin waren aufgebrochen zu einer Wanderung in den nächsten Ort.

"Vielleicht sind die Menschen dort ein bisschen verständiger, als in ihrem Dorf", hatte er sich bei seinem Gastgeber verabschiedet und dabei den Hut leicht angehoben. Heimlich und unbemerkt von preußischen Blicken, zog der Bummel in sein neues Heim und der Huberbauer war heilfroh darüber, die Hamburger nicht im Weg stehen zu haben.

Ausgerechnet an dem Tag, als sich der neue Stier dazu entschlossen hatte aus dem Stall auszubrechen, den ihm der Huberbauer zugewiesen hatte, waren die Gäste vor der Ferienwohnung und hielten einen Kaffeeplausch in der Sonne. Der Ferdl (so hieß der Stier) hatte sich über den Hof in Richtung Wiese unterhalb der kleinen Hütte aufgemacht und inspizierte die Kühe auf der anderen Seite des Weidezauns. Den ganzen Hof hatte der Huberbauer schon nach ihm abgesucht und als er endlich den Ferdl auf der Wiese entdeckte, der da friedlich zu den anderen Kühen hinüberblickte und sich wahrscheinlich gerade eine Herzensdame aussuchte, lief er den Sommerfrischlern geradewegs in die Arme.

"Hallo, Herr Huberbauer. Wollen sie nicht eine Tasse Kaffee mit uns trinken?" Der Huberbauer deutete auf den Stier, aber die Gäste schienen ihn nicht zu verstehen.

"Ach ja, wir haben das Tier schon gesehen", bemerkte die Frau des Oberstudienrates.

"Kommen sie und setzten sie sich einen Moment zu uns", lud ihn der Preuße ein. "Die ist ja ganz friedlich da auf der Wiese. Sehen sie nur, sie freundet sich schon mit dem anderen Vieh an."

"I kann ned. Der muss wieder in den Stall", sagte der Huberbauer und wollte sich in Richtung Stier aufmachen, den Strick in der Hand.

"Ach lassen sie doch die Kuh. Wahrlich ein sehr schönes Tier und vor allem dieses prächtige Euter. Aber warum wollen sie es denn in den Stall sperren während die anderen alle draußen sind?", wollte der Gast vom Huberbauer wissen. Da musste der Huberbauer lachen. Er trat zu seinen Gästen, die ihn unverständig ansahen.

"Ja wissen's, des ist so, diese Kuh ist keine Kuh", sagte er und lachte wieder.

"Ach nein?", fragte der Preuße.

"Diese Kuh, das ist ein Bummel." Verständnislose Blicke trafen ihn und er merkte, dass die Sommerfrischler mit diesem Begriff nicht viel anfangen konnten. "Ein Stier. Der ist für unsere Leni." Weitere fragende Blicke folgten. Dem Huber ging langsam die Geduld aus. Wie konnten die Stadtleute nur so begriffsstutzig sein? "Ja wegen den Kälbern. Die Leni soll halt a Junges bekommen", erklärte er, in der Hoffnung, der Groschen würde endlich fallen. Die Tatsache einen wilden Stier nur an die fünfzig Meter von sich entfernt zu haben und nicht nur eine harmlose Kuh, ließ dem Paar sämtliche Farbe aus dem Gesicht fallen. Die Frau Oberstudienrat zupfte hektisch an ihrem Spitzenkragen und ihr Gemahl war panisch aufgesprungen und hatte sich hinter seine Frau gestellt.

"Ja dann fangen sie das Tier. Sperren sie den wilden Stier in den Stall!", forderte er befehlend.

"Ja, das mach i jetzt auch", erwiderte der Huberbauer und ging zu seinem Ferdl, um ihn wieder in den Stall zu führen.

Am Abend lag er mit seiner Resi im Bett und erzählte ihr lachend die Geschichte vom wilden Stier mit dem prächtigen Euter.

Die Verabschiedung der Sommergäste einige Tage später, fiel im Gegensatz zu den vorigen Jahren sehr knapp aus. Der Huberbauer konnte sich ein Schmunzeln wegen der Geschichte mit dem Ferdl nicht verkneifen.

"I möchte nur a mal wissen, was die bei den Preißen so studieren, wenn die nicht einmal einen Stier von einer Kuh unterscheiden können."

Das war übrigens der letzte Sommer, in dem der Oberstudienrat mit seiner Gattin die Ferien auf dem Hof vom Huberbauern verbracht hatte. Ob es nun an dem unfreundlichen Dörflern, dem wilden Stier, oder dem Huberbauern gelegen hat, weiß bis heute noch keiner.

Kinderzeit

Kuchen oder Sahnetorte?
Ab und an mal nette Worte.
Aus dem Butterbrot die Boote
und die Suppe war der See.

Juckend böse Windpocken,
Medizin auf Zuckerbrocken
und dann bei der Mutter hocken,
widerliche Tasse Tee.

Sommers durch die Wiese hüpfen,
Sommersprossen, Nase rümpfen.
Meistens waren's Ringelstrümpfe,
man fiel hin und tat sich weh.

Kinderlachen,
dumme Sachen,
Unfug machen.
Mutter hilft ja eh.

Sonnenbaden,
Käfer jagen,
Puppenwagen,
Zunge strecken - Bäh!

Geburtstagsfeier,
Ostereier,
Sommerfeuer,
Teller Green.

Der Kerzen Schimmer
im Weihnachtszimmer
Drängeln, Schubsen und Gewimmer.
Mama hatte Neujahrsklee.

Im Tierpark laufen,
Eiskrem kaufen,
sich dann verlaufen.
Weinend blieb man steh'n.

In die Arme nehmen,
sich anlehnen
und müde gähnen.
-Zeit -
sie bleibt nicht steh'n.

Getragen werden.
ein Ritt auf Pferden.
Was wird werden,
wenn ich geh?

Erwachsen werden,

hier auf Erden-

Kindheit endet jäh.

Die angehängte Zeit

Damals, als ich noch ein ganz kleines Madl war, sind wir als Kinder immer zu der Schneiderbäuerin gelaufen und haben uns Geschichten erzählen lassen.

Die Schneiderbäuerin war eine ganz nette Oma und hat schon viel gesehen in ihrem langen Leben.

Aber sie war auch ganz schön abergläubisch auf ihre alten Tage und so ist sie keinen Schritt vor die Haustüre gegangen, wenn es einen Freitag den 13ten gehabt hat. Und der Nachbar, der Huber Sepp hat eine schwarze Katze gehabt die auf dem Hof der alten Bäuerin immer wieder mal die ein oder andere Maus gefangen hat. Aber weil sie halt schwarz gewesen ist, hat die Schneiderin das arme "Viecherl" nicht geduldet und so ist sie der Katze immer mit dem Kehrbesen über den ganzen Hof nachgelaufen. Ausgesehen hat das ganz lustig, weil die Katze hier und da stehen geblieben ist und die alte Frau ja nicht so schnell laufen hat können. Als ob sie auf die Schneiderin gewartet hätte, bis die dann mit dem Besen wieder nachkommt.

Und das alles nur wegen dem Sprüchlein vom Pfaffen. Obwohl ja eigentlich der gar nie nicht an so was hätte glauben dürfen.

Trotzdem hat der immer gesagt:

"Schwarze Katz von links des bringt's; aber kommt sie von rechts gibt's was Schlecht's."

Aber woher sollt man denn jetzt wissen von welcher Seite die Katze kommt? Und wenn man sich dann umdreht, kommt sie ja eh wieder von der anderen Seite. Also eigentlich immer von der Rechten und nicht von der Linken. Deshalb hat die Bäuerin beschlossen das die Katz am besten ganz vom Hof bleiben sollte. Sie hat nur vergessen, dass die Katze das nicht versteht, weil die ja kein "Menschisch" kann. Da ist es ganz Wurst gewesen, wie sie geschrien hat.

Am schlimmsten hat es die alte Frau einen Tag vor Allerheiligen gepackt. Da hat sie im ganzen Haus am Abend Totenlichter angezündet. Damit die armen Seelen sie in Ruhe schlafen lassen und sie nicht Undanks aus Versehen mitnehmen. Meine Mutter hat das damals nicht verstanden, dass ich mich ums Verrecken nicht davon hab abbringen lassen zwei Grablichter ins Fenster von meinem Zimmer zu stellen. Aber sie hat nur den Kopf geschüttelt und ist wieder gegangen. Mich haben die Armen Seelen in dieser Nacht aber nicht geholt.

Im Sommer war es lustig bei der Schneiderbäuerin. Am Nachmittag sind wir oft zu ihr auf den Hof gekommen. Da ist sie meistens auf der großen Holzbank gesessen und hat Erdäpfel, Äpfel, oder gelbe Rüben geschält und ein jedes von uns Kindern hat immer ein Glas Milch bekommen und auch mal einen Spalt Apfel, oder ein Stückchen gelbe Rübe. Zu dieser Zeit haben wir im Sommer keine Schuh gebraucht, da sind wir immer barfuß herumgelaufen.

Dumm war es aber, wenn man in einen Hundehaufen getappt ist. Der Peter ist fast jeden Tag in einen reingetreten. In Hundehaufen bin ich nur mit Schuhen getappt, Gott sei Dank - und seltsamer Weise hab ich am selben Tag immer noch von irgendwem ein Geld bekommen. Manchmal war es auch nur ein Apfel, oder eine Birne, aber das war mir egal. Meine Mutter hat dann geschimpft wegen der Schuhe und wenn sie mit dem schimpfen fertig war hat sie gesagt, dass ich ja wenigstens was bekommen hab, auch, wenn sie das nicht versteht wie das zugeht. Aber meistens hab ich keine Schuh angehabt.

Bei der Schneiderbäuerin hab ich auch keine gebraucht, die hatte keinen Hund.

Einmal hat sie uns von der Zenzl erzählt. Das ist ihre Kuh gewesen. Damals wo ihr Mann noch gelebt hat und die Landwirtschaft noch gelaufen ist. Die Zenzl hat eineinhalb mal soviel Milch gegeben, wie die ganzen anderen Kühe der Gemeinde. Da waren sie richtig stolz darauf. Und wo sie gekalbt hat, da ist ein richtig guter Stier herausgekommen. Der hat dann später Fritz geheißen. Sogar der Großgrundbauer hat sich den Fritz ausgeliehen. Und das sie zwölf Kinder waren, wo sie selber noch klein gewesen ist, hat sie uns auch erzählt. Das sie im Winter Holz und Kohlen haben betteln müssen, weil sie so arm gewesen sind und dass es fast keinen Tag zum Fressen gereicht hat. Von den ganzen schlechten Zeiten die sie erlebt hat und das sie trotzdem keinen Tag davon hergeben würde.

Nur vom Krieg selber hat sie nicht gerne geredet. Das ist eine Zeit die man aus seinem Leben rauslöscht und dann einfach hinten wieder anhängt, hat sie immer gemeint. Damit es dann eine Gute werden kann.

Und wir sollen es nur auch so machen, wenn wir mal so eine schlechte Zeit in unserem Leben hätten.

Ich hab das dann gleich gemacht wo mich meine Mutter geschimpft hat, weil ich beim Ballspielen die Kristallvase erwischt hab, die teure, wo sie zum Hochzeitstag von meinem Vater bekommen hat. Ich glaub', die Stunde mehr kann ich noch mal gut gebrauchen. Auch wenn man das mit dem Krieg nicht vergleichen kann.

Als ich sechzehn geworden bin und schon länger nicht mehr im Sommer vor der alten Bank gesessen habe, um ihr beim Schälen zuzusehen und ihren Geschichten zu lauschen, ist sie dann mit 98 Jahren gestorben.

Ich weiß nicht genau wie viele Jahre sie hinten angehängt hat, aber ich finde, es waren zu wenige.

Man weiß es nicht
Oder:
Damals – Heute – Morgen

Kinder hab ich keine, was ich früher sehr bedauert habe, worüber ich heute aber nicht mehr sonderlich traurig bin. Nicht weil ich keine gewollt hätte, es hat sich halt einfach nicht ergeben. Es hat einfach nie wirklich gepasst und ich bin da schon ein bisschen altmodisch, weil ich der Meinung bin, dass Kinder in einer intakten Familie aufwachsen sollten. Aber wenn ich mir die Zeit und ihre Veränderungen so ansehe, bin ich mir nicht mehr sicher ob ich – Leider - oder - Gott sei Dank - über meinen Zustand der Kinderlosigkeit sagen soll. Hätte ich welche bekommen, dann wären sie wahrscheinlich genauso wie alle anderen Jugendlichen geworden. Sie hätten mit Drogen, Alkohol und anderen Suchtgefahren, Gruppenzwang, Übergewicht fördernden Schnellimbissen und Markenklamotten aufwachsen müssen. Ich möchte nicht behaupten, dass die Zeiten damals besser gewesen sind, jedoch lässt es sich nicht abstreiten, dass die Gefahren unserer

Zeit nicht die Selbigen gewesen sind. Ehrlich gesagt, wüsste ich nicht, wie man seine Kinder davor noch realistisch schützen sollte.

Jetzt ist es nicht so, dass wir als Kinder nicht auch das ein oder andere angestellt, oder ausprobiert hätten…

Einmal haben wir das Rauchen probiert, was wir uns erlaubt hatten, weil wir es den "Großen" gleichtun wollten. Zu fünft saßen wir damals am Feld hinter den Büschen und der Karl, insgeheim Anführer unserer Bande (wenn man das so nennen möchte) hat gemeint, dass Brombeerblätter das Gleiche wären, als wenn sich einer eine Pfeife stopft und raucht. Das Verbot und die Warnungen der Eltern, wir sollen bloß nicht damit anfangen, reizte uns Kinder noch am Meisten. Hätten unsere Eltern gesagt, wir sollen es ruhig einmal ausprobieren, wer weiß, wären wir überhaupt auf die Idee gekommen. Doch so war das Rauchen verboten und nichts für uns. Doch genau das musste noch bewiesen werden.

Das uns aber allen so schlecht davon werden würde, dass wir zwei Tage nichts mehr zum Essen gebraucht haben, das hat uns keiner gesagt. Ab diesem Tag war das Rauchen für uns Kinder uninteressant und wir verstanden die dummen Erwachsenen nicht, die abends genüsslich an der Pfeife zogen.

Wenn ich mir die Zwölfjährigen heute ansehe, die

mit Kippen im Mund auf Cool machen, denke ich oft daran zurück. Vielleicht hätte es ihnen nicht geschadet, auch einmal ein paar Brombeerblätter zu drehen und ein paar Züge davon abzubekommen. Uns wurde damals nur schlecht, heute wird man abhängig.

Aber die meisten wissen ja nicht einmal, wie Brombeerblätter überhaupt aussehen. Das mag davon kommen, dass sie sich mehr vor dem PC, im Internet, oder spielend mit dem Handy befinden.

Wenn ich da an unser altes Büchsentelefon denke, welches wir uns gebastelt haben und das ebenso seinen Zweck erfüllt hat, frage ich mich, ob unsere Kinder überhaupt wissen, was sie versäumen.

Damals hat man sich nicht mit Handy verständigen müssen.

Da hat man sich nach der Schule ausgemacht, was man am Nachmittag macht. Und ausgemacht war ausgemacht. Auch, wenn der eine oder andere dann doch nicht gekommen ist, dann hat er halt Pech gehabt und hat uns später suchen müssen.

Heute sind die Jugendlichen aber so Very Important People, dass sie ständig erreichbar sein müssen, um so wichtige Fragen gestellt zu bekommen wie: "Was machst du gerade?" - Antwort: "Chillen" - Antwort: "Ja mach ich auch"

Und dann 'Chillen' die.

Beide.

Also jeder für sich allein, im Zimmer.

Eigentlich heißt Chillen ja sich entspannen. Betrachtet man die heutige Jugend genauer, stellt man fest, dass sie mit ihrer Langeweile, bzw. mit sich selbst, einfach nichts anzufangen wissen.

Damit ihnen nicht ganz so sterbenslangweilig ist, beim Chillen, wird die Frage 'Was machst du gerade?' an sämtliche Kontakte im handyeigenen Telefonbuch gesimst, ge-whatsappt, oder gesonstwast. Mit Flatrate ja kein ernsthafter Kostenfaktor.

Die Tochter einer Bekannten von mir schreibt täglich mindestens fünfzig solcher Nachrichten mit ihren Freundinnen. Bin ich bei ihnen zu Besuch, dann ist das Mädchen immer allein.

"Die ist süchtig nach diesem SMS-Zeug und ich weiß nicht was ich dagegen machen soll", gestand mir ihre Mutter.

Ich persönlich glaube eher, dass sie süchtig ist danach, von anderen wahrgenommen zu werden und Antworten zu bekommen. Sich einfach zu Treffen und etwas miteinander zu unternehmen ist anscheinend in der heutigen Zeit OUT.

Ein markanter 'Muttersatz' zu meiner Zeit war:

"Komm doch endlich rein, es wird ja schon finster!"

Dieser hat sich stark verändert, und mutierte zum heutigen:

"Geh doch mal raus, die Sonne scheint, es ist so schön draußen."

Aber auch DRAUßEN ist OUT, wenn es sich dabei

nicht um den Besuch eines Einkaufszentrums, oder eines Cafés (also wieder drinnen) handelt.

IN hingegen sind Markenklamotten. Wenn ich da an meine Jugend denke, muss ich feststellen, dass es zu meiner Zeit zwar Markenklamotten gab, dass sie aber bei weitem keine so große Rolle spielten. Hauptsache sauber war die Devise.

Für die Schule hatte ich eigens Kleidung, die ausgezogen und fein säuberlich zusammengelegt wurde, wenn ich von der Schule nach Hause kam.

Das waren die GUTEN SACHEN. Also die ohne Löcher und Flicken.

Die Anderen durften zum Spielen angezogen werden.

Heute ist das anders. Die Guten Sachen sind immer angezogen, weil man sich (sollte man doch einmal auf die irrsinnige Idee kommen das Haus zu verlassen) ja nicht in Sack und Asche vor die Tür trauen kann. Was würden die ganzen Freunde sagen?

Bei der Beobachtung (ich war in den Arkaden in Regensburg) einer Gruppe Mädchen im Café, die sich gegenseitig die Embleme ihrer Jeanshosen am Bund zeigten und anscheinend über den Wert der getragenen Ware diskutierten, fiel mir der Enkel meiner Freundin ein. Vor einigen Tagen war ich bei ihr zum Kaffee eingeladen und der kleine Fratz, gerade mal drei Jahre alt, wetzte mit Herzchen an den Knien der durchgescheuerten Latzhose, einem ausgewaschenem Donald T-Shirt, Dreck an den Händen, Schokolade verschmiertem Gesicht und einer Begeisterung, die nur ein Dreijähriger bei Entdeckung von Pusteblumen-Fliegesamen entwickeln kann, vom Garten auf seine Mutter zu. Ich musste Lachen, als ich mir diesen Wirbelwind mit gegelten Haaren und topp modern gekleidet mit Pusteblume vorstellte.

Meine Freundin hatte mit ihrer Tochter, die gerade noch rechtzeitig aufgewachsen war, um den vollen Auswirkungen dieser Lebensentwicklungen zu entgehen, Glück gehabt. Der kleine Felix hat mit sechzehn wahrscheinlich einen Chip im Kopf mit dem er telefonieren, faxen und online gehen kann. Mit seinen Markenklamotten wird er in einem Super- Chilling- Sessel sitzen und per Gedankensteuerung durch 6758 Kanäle an seinem Wandgroßen Fernseh-Monitor-1000 Gig Bildschirm zappen. Ob er sich dann (sollte es jemals so weit kommen) noch an diesen Augenblick im Garten erinnern wird? - Man weiß es nicht.

Überraschender Inhalt

Der Karl war schon als kleiner Bub eines von den neugierigeren Kindern und wenn man ihm etwas verboten hat, dann hat er es meistens erst recht gemacht. Das hat sich im Alter nicht geändert und so ist er heute noch einer, der alles wissen muss. Auch, wenn seine Neugierde nicht mehr ganz so spitzbübisch ist wie damals und sich mit den Jahren der Ehe sein Widerstand, ihm Verbotenes zu tun, auf ein Minimum beschränkt hat. Es sind die kleinen Erfolge, die ihn heute erfreuen und so entstand auch die folgende kleine Geschichte.

Der große Reiz sich auszuprobieren verschwand mit der Jugend und die Ehe (mit der heute nicht mehr ganz so schlanken, ranken und schönen Adelheid Wollinger) hat beim Karl ihr Übriges dazu getan.

Gerade erst hatte er den Kampf um den Sonntagsbraten mit Semmelknödel, anstelle der Fertigknödelpackung Halb & Halb gewonnen, schon bot sich ihm ein neuer Reiz, den er als solchen noch nicht wahrgenommen hatte.

"Wenn du schon so einen Haufen Zeug mit dir herum schleppen musst, dann leer deine Hosensäcke wenigstens aus, bevor du das Gewand in die Wäsche wirfst", hatte seine Heidi am Nachmittag gedonnert und ihm den Inhalt auf den Tisch geworfen.

"Was ich in meinen Taschen habe geht dich überhaupt nichts an. Da brauchst du dich auch gar nicht so aufregen. Das hätte ich schon noch selber gemacht. Ich leer dir ja auch nicht deine Handtasche einfach aus und reg mich auf", hielt er tapfer dagegen.

"Das würde gerade noch fehlen! Die eigenen Taschen nicht ausleeren, aber die meine", hatte sie gesagt.

Dann schaltete sie im Bad die Waschmaschine an, griff nach ihrer Weste und machte sich, ohne ein weiteres Wort an ihren Gatten zu verlieren, auf den Weg zu ihrer Mutter.

Den Schwiegerdrachen sonntags nicht besuchen zu müssen war auch ein Kampf gewesen, den er nach langem Hin und Her gewonnen hatte. Zwar war seine Heidi ihm deswegen jeden Sonntag ein bisschen böse, in Hinblick auf die qualvollen Stunden bei ihrer Mutter, die kein gutes Haar an ihm lassen wollte, allerdings hinnehmbar, um nicht zu sagen angenehm.

So saß er da, der Karl, blätterte in seiner Zeitung und genoss die Ruhe im Haus, die mit dem Verschwinden seiner Angetrauten eingekehrt war.

Als er den Sportteil gelesen hatte, den er sich immer bis zum Schluss aufhob, fiel sein Blick auf die Ofenbank. Sie hatte ihre Handtasche vergessen und war dennoch nicht wieder gekommen, um sie zu holen. Er dachte an die vielen Male, in denen er nochmal umkehren musste, weil sie sie vergessen hatte und an den Zirkus, den sie dann veranstaltete, wenn er das nicht tun wollte. Die Handtasche war plötzlich in seinem Hirn und ein Blick auf die Uhr verriet ihm, dass seine Heidi nicht vor einer Stunde zurück sein würde.

Unschuldig und unscheinbar hingen die Henkel des ledernen Utensils über die Kante der Sitzpolster.

Es war idiotisch sich für eine Handtasche zu interessieren. So als Mann zumindest. Dennoch nahm die Neugierde zu. Was wohl in so einer Tasche alles zu finden sein würde?

Karl faltete die Zeitung sauber zusammen. Sorgfältiger als sonst. Als er damit fertig war, hätte man meinen können, sie sei frisch aus der Presse gekommen, so akkurat hatte er die Blätter zusammengelegt.

Seine Augen wanderten wieder zu der Ofenbank. Ein kleiner Blick konnte ja nicht schaden. Nur ein kleiner, ganz schnell. Langsam stand er auf, ging zu der Handtasche, sah sich nach allen Seiten um, als müsse er besonders aufpassen und kam sich furchtbar dämlich dabei vor.

"Ist doch bloß a blöde Tasche", schimpfte er sich

selbst und griff danach. Am Küchentisch angekommen stellte er sie ab. Erst besah er sie von
allen Seiten. So genau hatte er sich das Ding noch
nie angesehen. Ein bisschen abgewetzt kam sie
schon daher, stellte er fest. Die Henkel ein wenig
abgegriffen und der Reißverschluss nicht mehr
ganz so glänzend wie bei einer neuen.

Vorsichtig zog er daran. Jetzt war sie offen. Und
wenn sie schon einmal offen war, dann konnte man
auch einmal hineinsehen, befand er. Mutig steckte
er seine Hand in die Lederware und griff hinein.
Einer dieser neumodernen Klappschirme war zwischen seinen Fingern und er legte ihn ein klein wenig enttäuscht auf den Tisch. Er wusste nicht, welche Besonderheit er erwartet hatte, doch ein
Schirm war es nicht. Das nächste, was er ertastete
war ein kleines Döschen. Rund und aus Blech mit
einem Rest Nivea, wie sich herausstellte. Immer
noch nichts Weltbewegendes, das den Aufstand
gerechtfertigt hätte, den seine Frau immer machte,
wenn sie ihre Handtasche einmal vergaß.

Der Karl beschoss nicht mehr blindlings in der Tasche herum zu fischen und nahm sie jetzt auf seinen Schoß. Sein Blick glitt in die Tiefe der Lederware und sein Gesicht nahm eine fahle Farbe an.
Er konnte nicht glauben, was er alles in dieser Tasche sah. Ungläubig hielt er sie etwas von sich
weg, um sie noch einmal von außen zu begutachten. Es war unmöglich, aber das ganze Zeug be-

fand sich tatsächlich in diesem kleinen Behältnis. Ein Stift, eine Dose Haarspray, mindestens drei Packungen Papiertaschentücher, Lippenstift, Lidschatten, Geldbörse, ein kleiner Schraubenzieher, ein Maßband, und - und - und. Er kramte noch ein bisschen darin herum bis seine Wahl auf einen gefalteten Zettel fiel, den er dann letzten Endes herauszog und las. Danach packte er den Schirm und das Cremedöschen wieder in die Tasche, verschloss sie sorgfältig und legte sie wieder auf die Ofenbank. In den nächsten Tagen war er besonders nett zu seiner Frau, die sich die Veränderung ihres Mannes nicht recht erklären konnte. Die Nachricht auf dem Papier war für ihn bestimmt gewesen. Ein kleiner Liebesbrief an ihren Karl, den sie mit den Jahren schon lange vergessen hatte und der unbeachtet zwischen all den Kleinigkeiten unsichtbar geworden war.

"Mein lieber Karl! So viele Jahre sind wir schon zusammen und ich liebe dich immer noch wie am ersten Tag. Trotzdem!"

Hatte auf dem Zettel gestanden.

KRISTALLKLAR

Kristallklar ist die herbstlich Nacht,
hat für den Morgen Tau gebracht.
Ein kühler Hauch zieht durch den
Wald,
die Luft ist rein und klar und kalt.

Das Mondlicht leuchtet meinen Weg,
durch dunklen Wald verläuft ein Steg.
Leichter Nebel tanzt am Rande,
Dunkelheit reicht mir die Hände.

Und sie führt mich weit hinfort,
bis zu einem anderen Ort.
Tiefer in den Wald hinein,
wo mein Herz wird ruhiger sein.

Wo mein Liebster ist zu haus,
dorthin zieht es mich hinaus.
An die Hütte tief im Wald,
jeder Schritt von mir sagt Bald.

Bald bist du da und wirst ihn seh'n.
Bald bist du da, wirst nimmer geh'n.
Der Jäger in der Morgenstund,
er hält mich fest, küsst meinen Mund.

Kristallklar ist die herbstlich Nacht,
hat für den Morgen Tau gebracht.
Ein kühler Hauch zieht durch den
Wald,
die Luft ist rein und klar und kalt.

Da Gruber Hansi
und des Zauberschachterl

Ich erinnere mich noch ganz genau, es war ein so heißer Sommer, dass einem in aller Herrgottsfrühe, gleich nach dem Aufstehen, der Schweiß schon aus allen Poren gekommen ist. Wir waren noch Kinder, trotzdem mussten wir unseren Eltern bereits tüchtig zulangen und auf dem Feld und beim Heigen (Heu wenden und zusammenrechen) helfen.

Wenn aber die Arbeit getan war, dann durften wir unsere freie Zeit genießen und das haben wir auch genutzt und sind in der Frühe schon an den Bach hinunter gelaufen. Da haben wir uns dann eine Angel gebastelt. Das war nicht schwer, weil Weiden sind damals überall gewachsen, wo ein bisserl ein Wasser gelaufen ist und ein Stückerle Schnur hat schließlich jeder Bub in seinen Hosentaschen gehabt.

Der Meixner Karl hat immer die Köder besorgt, weil der die fettesten Würmer gefunden hat. Warum das so war, weiß keiner, aber es hat ihm den Spitznamen Wurm Karre eingebracht und ich glaube er war sogar noch stolz darauf. Aber der Wurm Karre war ja auch noch viel kleiner als wir anderen und deshalb haben wir ihn mitgenommen. Deshalb - und auch wegen der Würmer.

Der Gruber Hansi, der Wimmer Paul, der Wurm Karre und ich haben uns also auch an diesem heißen Tag im Sommer am Bach zum Fischen getroffen. Nicht das wir ernsthaft was gefangen hätten, bis auf ein paar kleinere Forellen die uns dann so derbarmt haben, dass wir sie wieder zurück geworfen haben, weil ja eh keiner satt geworden wäre. Außerdem hatte der Bach so wenig Wasser, weil es eben so heiß gewesen war, dass in diesem Jahr keine Forellen mehr an unserer Angelstelle zu finden waren. Aber es hat uns halt Spaß gemacht, zusammen da zu sitzen, mit einem Grashalm im Mund, auf dem wir herumgekaut haben und den Herrgott einen guten Mann sein zu lassen.

Wir sind da also im Schatten gesessen und haben dem Wasser zugesehen und die gesteckten Angeln beobachtet. Da hat der Gruber Hansi auf einmal mit dem Finger ins Wasser gedeutet.

"Seht ihr des?", hat er gemeint. Wir anderen haben geschaut aber nichts gesehen.

"Da drüben, auf der anderen Seite, da ist was im Wasser. Des, wo so leuchtet", wollte er uns helfen, das Entdeckte auch zu sehen.

"I seh' nix.", hat der Paul gesagt und sich wieder ins Gras gelegt.

"I a ned", hab ich auch gesagt.

"Wo?", wollt der Wurm Karre wissen, der ganz neugierig zum Gruber herangerutscht war.

"Na da!" und er streckte seinen Arm noch einmal in die Richtung, in die er schon vorher gedeutet hatte.

"Des blinkert ja", stellte der Wurm Karre fest.

Jetzt wurden wir doch wieder neugierig und sahen noch einmal genauer hin.

"Jetzt seh' ich's a!", meinte der Paul, der sich wieder aufgesetzt hatte und angestrengt aufs andere Ufer sah.

Tatsächlich lag da was im Wasser, das, wenn das Wasser sich kräuselte, blinkte und die Sonnenstrahlen zu uns herüber warf.

"Vielleicht ist es ein Geld?", meinte der Wurm Karre.

"Ah geh. Wer hätt' denn so viel Geld, dass er es in den Bach werfen könnt", belehrte ihn der Paul und sah ihn ganz ungläubig an.

"Also, i geh jetzt da rüber und schau was des is", sagte der Gruber Hansi und krempelte seine Hose über die Knie, um ins Wasser zu steigen.

Angespannt warteten wir bis der Hansi seinen Schatz auf der anderen Bachseite gehoben hatte. Es hat auch nicht lange gedauert und er ist mit einem kleinen, silbrig glänzenden Schächtelchen wieder gekommen. Freudestrahlend präsentierte er es auf seiner Handfläche. Es war nicht viel größer als eine Zündholzschachtel, sah aber für uns Buben damals sehr wertvoll aus. Ein rechteckiges Ding mit einem feinen Deckel und rundherum waren lauter Schnörkel als Verzierung eingearbeitet.

Ein jeder durfte das Kleinod mal in die Hand nehmen und von allen Seiten begutachten. Keiner wusste so recht, für was das Ding gut war und aufmachen ließ es sich auch nicht.

"Vielleicht is des a Zauberschachterl?", entfuhr es dem Wurm Karre.

"Wenn des stimmt, dann wünsch ich mir heut auf d' Nacht Gerbknödel mit Vanillesoße", lachte der Wimmer Paul.

"Spinnst? Du kannst dir doch nicht einfach was wünschen, wo du es doch gar nicht gefunden hast!", schrie ihn der Gruber Hans an.

"Jetzt sag bloß, du glaubst an Märchen. Des is irgendein Krampf, den einer weggeworfen hat, weil man es nicht einmal mehr aufmachen kann. Weil 's hin ist", schallt ihn der Wimmer aus.

"Und wenn es doch a Wunschschachterl ist?", entfuhr es mir. Natürlich gab es keine Beweise dafür, dass diese Schachtel Wünsche erfüllte, aber es gab auch keine dagegen.

"Jetzt fangt der a no an, mit dem Schmarren", lachte der Wimmer.

"Des ist doch ganz einfach", fing der Wurm Karre an. "Wenn's bei dir heut' Gerbknödel mit Vanillesoße gibt, dann ist des doch bewiesen."

Damit hatte der Kleinste von uns schon ein bisserl recht. Wir beschlossen also abzuwarten bis zum nächsten Tag und den Wimmer Paul dann zu fragen, ob es nun Gerbknödel mit Vanillesoße bei ihm gegeben hätte, oder nicht.

Als wir uns darauf am nächsten Morgen wieder am Bach getroffen hatten, sah der Wimmer Paul gar nicht mehr so überheblich aus, wie am Tag davor. Er machte sich auch über das Zauberschachterl nicht mehr lustig. Tatsächlich hatte es bei ihm Gerbknödel und Vanillesoße gegeben. Sein Wunsch hatte sich erfüllt und das war ein schwerwiegender Beweis für ihn, weil Gerbknödel mit Vanillesoße gab es nicht sehr oft bei ihm daheim. Jetzt gab es nur noch eine Frage, die uns beherrschte. Die Frage war, wie viele Wünsche das silberne Schächtelchen erfüllte.

"Ja drei, des is doch logisch. Des steht in jedem Märchenbuch", sagte der Wurm Karre, der es nicht fassen konnte, wie dumm doch die älteren Buben alle waren.

"Wir san aber vier", sagte der Paul, der damit das Problem auf den Punkt traf.

"Dei Wunsch ist doch eh schon erfüllt", wandte der Gruber Hansi etwas beleidigt ein. Ein jeder wollte einen Wunsch aussprechen und jetzt ging die Zankerei erst richtig los. Der Gruber, der sich ohnehin schon um einen Wunsch beschissen sah, wollte die anderen beiden für sich alleine haben.

"Schließlich hab ich des Zauberschachterl als erstes gesehen und geholt hab ich es auch", stellte er überlegen fest.

"Aber ich hab es als zweiter gesehen!", rief der Wurm Karre, als wäre das die Begründung, dass ihm einer der restlichen Wünsche zustehen würde.

Auch ich wollte jetzt einen Wunsch abhaben und eins zwei drei, war die schönste Rauferei in Gange die damit endete, dass wir alle vier in den Bach fielen und später pitschnass und verfeindet nach Hause gingen.

Drei Tage später redeten wir immer noch kein Wort miteinander und meine Mutter hatte schon Sorge, dass ich krank sein könnte, weil ich nur noch daheim herum hockte und mich nicht so wie sonst mit den anderen am Bach traf. Am vierten Tag beschloss ich, auch um meiner Mutter und ihren Fragen aus dem Weg zu gehen, alleine zum Bach zu gehen.

Da saß ich und wie ich da so saß, kam einer nach dem anderen dazu und wir saßen wieder zu viert im Gras.

"Ich wollt, wir hätten des vermaledeite Schachterl nie gefunden.", sagte der Gruber Hansi mittendrin.

"Ja, des wünscht i mir a", schloss sich der Wimmer an.

"Ich bin a dafür", sagten ich und der Wurm Karre fast gleichzeitig.

"Es ist ja eh schon wurst", meinte der Hans und als

wir ihn alle fragend ansahen setzte er nach, "ja weil's eh weg is. Des muss mir beim Raufen aus der Tasche g'fallen sein." Wir sahen uns an, und fingen an zu lachen. Von da an verbrachten wir die restlichen Ferien wieder miteinander am Bach. Das Zauberschachterl ist bis heute nicht mehr aufgetaucht und es hat auch keiner von uns mehr danach gesucht.

D' Pantoffelmucke

Die Mühlbauer Kreszenz hatte noch nie ein leichtes Leben und so musste sie, der damaligen Zeit unüblich, einer Arbeit nachgehen, um die Familie ernähren zu können. Früh musste sie jeden Tag aufstehen und spät kam ihr Gatte vom Wirtshaus erst heim. Viele Streitgespräche hatten sie wegen seiner Besuche beim Wirt schon ausgefochten und manchmal half so ein reinigendes Gewitter für eine gewisse Zeit. Der letzte Krach im Haus lag schon eine Weile her und so wurde ihr Gatte wieder mutiger, was die Wirtshausbesuche anging, weshalb er einmal mitten unter der Woche erst nachts heimkam. In seinem Rausch fing er aber an Dauergespräche mit sich selbst zu führen und wankend und vor sich hinplappernd stapfte er die Stufen ins Schlafgemach hoch, was die Kreszenz unsanft aus ihren Träumen riss. Es war zu spät, um mit ihm zu streiten und sie wollte schlafen, weil sie einen harten Tag gehabt hatte und deshalb todmüde war. Doch ihr Mann plapperte weiter, lachte und erzählte sich selbst Geschichten, die nur er verstand.

Nicht einmal, als er im Bett lag, kehrte Ruhe ein. Ein paar Mal sagte sie ihm, er solle endlich seine Klappe halten, weil sie früh raus müsste, doch ihr Protest beeindruckte ihn nicht im Geringsten. Komplett genervt und fertig mit den Nerven hat sie sich nicht mehr anders zu helfen gewusst und hat ihm den Hausschlappen aufs Maul geschlagen.

Dann war Ruhe und sie hat endlich schlafen können.

Der Mann von der Kreszenz hat ihr am nächsten Tag seine angeschwollene Lippe gezeigt und gemeint, es müsse ihn in der Nacht etwas gestochen haben. Die Zenz hat sich das Lachen schwer verkneifen müssen und hat ihm eine Zwiebel in die Hand gedrückt, damit er den "Stich" behandeln konnte. Bis zu seinem letzten Tag hat der Mann nicht erfahren, dass ihn in dieser Nacht eine Pantoffelmucke erwischt hat.

Da Sündenbock (Teil 1)

Es ist schon zu lange her, als dass ich mich an das genaue Jahr erinnern könnt', aber ich weiß noch, dass es im Sommer war. Nach dem Krieg, wo keiner was hatte und es nicht gerade leicht war Kaputtes zu ersetzen, achtete man peinlich darauf, die Dinge pfleglich zu behandeln. Ein Geld hat keiner gehabt und, wenn einem was kaputt ging, was er nicht selber reparieren konnte, dann hat er lange darauf hin sparen müssen, um es wieder kaufen zu können.

An einem Morgen, ich war noch ein Mädel, bin ich aufgestanden und das Fenster im Kinderzimmer war eingeschlagen. Nur noch Glasstücke waren darin, die Scheibe war komplett hinüber. Damals waren das keine solchen dicken Scheiben, wie man sie heute in den Fenstern hat, sondern nur ein dünnes Glas, auf dem sich sogar innen Eisblumen im Winter bildeten. Meine Mutter hat mir gleich eine Watschen gegeben. Für sie war es klar, dass ich es gewesen sein musste.

"Ja wer hätte denn die Scheibe sonst hin

g'macht?", hat sie gewettert, als ich die Tat abge-
stritten habe.

Erst am Abend, als der Vater von der Arbeit nach
Hause gekommen ist und zugegeben hat, dass ihm
die Deichsel vom Waagen in der Früh durch die
Scheibe gekommen ist, hat es sich aufgeklärt.

"Oh mei", hat meine Mutter da gesagt, "und i hab
de Andere schon dafür g'watscht."

Entschuldigt hat sie sich nicht bei mir, aber das
war damals halt so. Da hat es nur geheißen, dann
gilt's fürs nächste Mal. Wenn was kaputt war, war
ich automatisch schuld und es hat nicht fürs nächste Mal gegolten. Auch später, wo ich schon größer
war, hat alles darauf gewartet, dass ich schwanger
werd'. Letzten Endes war es meine kleine Schwester, die als erstes ein Kind daher gezogen hat. Aber
das ist eine andere Geschichte, an der ich aus-
nahmsweise einmal nicht schuld war.

Da Schneider Schorsch und die weiße Frau

Schorsch ist die bayerische Form von Georg und besagter welcher war ein Anhänger des viel gerühmten und gepriesenen bayerischen Bieres, welches er in regelmäßigen Abständen in der "Goldenen Gans" zu sich nahm. An einem Abend, an dem er wieder einmal besonders gut getankt hatte, kam ihm der Heimweg zum wiederholten Male schwer an und er beschloss auf der Hälfte, an einer kleinen Brücke, eine Rast einzulegen. Aus diesem Grunde legte er sich unter eine Hollerstaude (Holunderbusch) und schlief ein. Gegen drei in der Früh wurde er erst wieder wach, rieb sich die Augen und wollte gerade seinen Weg nach Hause fortsetzen, als er eine gar sonderbare Gestallt im fahlen Mondlicht auf die Brücke zuwandeln sah. Leichenblass und komplett weiß gewandet, in einen bodenlangen fließenden Stoff gehüllt, bewegte sich die Erscheinung im Mondlicht, blieb einen Augenblick lang stehen, sah ihn schnurgerade an und drehte sich dann, um in Richtung Dorf ihren Weg fortzusetzten.

Starr vor Schreck und plötzlich stocknüchtern, bekreuzigte sich der Schneider Schorsch, packte seinen Hut, den er während des Schlafes verloren hatte und lief so schnell ihn seine Füße trugen nach Hause. Seiner Frau entging die seltsame Wandlung nicht, die ihren Gatten seit seinem letzten Wirtshausbesuch befallen hatte, denn er ging seitdem nicht mehr ins Dorf, um dort zu zechen. Vielmehr war er die Sanftmut in Person und ging mit den Hühnern ins Bett und was sie auch anschaffte, tat er ohne Widerwort und Murren. Auch am Sonntag in der heiligen Messe sang er voller Inbrunst mit und murmelte nicht wie sonst die Lieder einfach nur vor sich her. Sogar das sonntägliche Schafkopftreffen der Dörfler nach dem Gottesdienst schlug er dankend ab und fuhr stattdessen mit nach Hause. Das sah sie sich gute drei Wochen an, bevor sie ihn zur Seite nahm, um ihm auf den Zahn zu fühlen, was mit ihm los war. Erst nach einigem Hin und Her rückte er mit der Sprache heraus und erzählte seinem Weiberl von der Begegnung mit der Weißen Frau.

Die Schneiderin musste sich schon sehr zusammenreißen, um nicht laut los zu lachen, denn sie wusste genau wer diese Weiße Frau war. Schon lange hatte sich die Schmiedin einen Rat von ihr deswegen holen wollen, den sie ihr nicht geben konnte. Die Tochter vom Hufschmied wandelte nämlich des Nachts im Schlaf, grad bis zur Brücke und kehrte dann wieder ins elterliche Haus zurück, welches unweit von dem Bacherl stand, an dessen Ufer ihr Mann gerastet hatte. Mit dem langen, wallenden Nachthemd und dem starren Blick, mochte sie dem Betrunkenen wahrlich als Weiße Frau erschienen sein. Ob sie allerdings den Schorsch über diese Tatsache aufgeklärt hat, ist nicht gewiss, denn er hat die Veränderung beibehalten und man hat ihn nur noch ein, oder zweimal im Jahr in der "Goldenen Gans" gesehen und da hat er nur noch zwei, oder höchstens drei Halbe getrunken.

Schwarze Dankbarkeit

Die Scherbaum Marianne war ein recht ein saube-
res Weibsbild und so war es kein Wunder, dass sich
die Hochzeiter um sie gerissen haben. Viele junge
Männer haben sich die Klinke in die Hand gegeben
und waren bei ihrem Vater vorstellig geworden, um
ihm ihr Interesse an dem Mädchen mitzuteilen. Da
sich damals das Heiraten mit dem Verlieben nicht
immer so getroffen hat, wie das heutzutage mög-
lich ist, wurde auch das Nandl (bayerisch für Marianne) nicht mit ihrer eigenen Wahl, (dem Knecht
Ludwig vom Nachbarhof) sondern mit dem Buben
vom Großgrundbesitzer gut unter die Haube gebracht. Auch dieser grobschlächtige Kerl hatte sich
bei ihrem Vater vorgestellt und durch eindeutige
Angaben durchscheinen lassen, dass er nicht
schlecht daran tun würde, ihm den Zuschlag für die
Heirat zu geben.
Gefallen hat das dem Nandl nicht, aber mit ihren
17 Jahren war sie viel zu brav erzogen, als dass sie
ihrem herrischen Vater widersprechen hätte können. So bekam der Hinterhofer Sepp eine Frau, der
Vater vom Hinterhofer Sepp eine billige Magd, der

Vater von der unglücklichen Braut einen Stier und zwei neue Kühe nebst zwei Tagwerk Wald und das Nandl ein Leben, das sie nicht gewollt hat. Bemühte er sich anfangs noch, ihr die Vorzüge dieser Eheschließung schmackhaft zu machen, so fiel diese Eigenschaft nach dem JA-Wort schlagartig von ihm ab.

Während dieser Ehe schenkte sie ihrem Mann sechs Kinder, die sie gegen ihren Willen empfangen hatte und welche sie unter Gebeten, sie möge die Geburt nicht überleben, auf die Welt brachte. Die Kinder zog sie mit großer Not groß, weil der Sepp nicht nur den Hof seines Vaters, sondern auch seinen Geiz geerbt hatte. Jeden Pfennig musste sie ihm vorrechnen, den sie für sich und die Kinder ausgab und mehr als einmal bekam sie eine Ohrfeige, wenn ihm die Preise für die Sachen nicht behagten. Überhaupt war er ein aggressiver Mensch, wenn es um Geld ging und seine Besuche beim Dorfwirt machten sein Verhalten seiner Frau gegenüber nicht besser.

Mit dem Einzug der Braut kehrte auch eine andere Erscheinung in das Haus Hinterhofer ein. So starb nach einem Jahr die Großmutter von Sepp, die kein gutes Haar an der Marianne gelassen hatte, seit diese ihren Fuß das erste Mal über die Schwelle des Hauses gesetzt hatte. Sepps Vater folgte im Sommer darauf bei einem Unfall mit dem Ochsenkarren. Als das Nandl ihr drittes Kind gebar, verweilte ihr Mann am Sterbebett seiner Mutter. Nach dem Tod der alten Hinterhoferin wurde er richtig böse. In seiner Trauer und in seinem Zorn ging er auf die Nandl und ihr Neugeborenes los, so dass sie mitten in der Nacht mit dem Säugling auf dem Arm und nur im Nachthemd auf den elterlichen Hof flüchtete. Doch ihr Vater wollte sie nicht hineinlassen und es war nur der Fürsprache ihrer Mutter zu verdanken, dass sie das Kindbett nicht auf dem freien Feld erleben musste. Zwei Tage lang hatte sie ein bisschen Ruhe, dann stand der Sepp vor der Tür seines Schwiegervaters. Die Männer regelten die Sache unter sich und der Sepp nahm das Nandl und ihr Kind schweigend wieder mit. Von da an war ihr Leben die reinste Hölle. Er trank und schlug sie, beschimpfte sie, oder redete oft tagelang gar nicht mit ihr.

In Ihrem vierunddreißigsten Lebensjahr verlor sie ihren Mann bei einem Unfall während der Heuernte. Er hatte sie nach Hause geschickt, um die Vesper vorzubereiten.

Als man ihr die Nachricht brachte setzte sie sich in der Küche auf einen Stuhl. Bald verließen sie die Überbringer, um die Witwe trauern zu lassen. Vollkommen allein blieb sie schweigend sitzen.

Beinahe eine ganze Stunde sagte sie kein Wort. Starrte nur vor sich hin.

Dann plötzlich begann das Nandl zu lachen. Sie lachte und lachte, wie sie seit Jahren schon nicht mehr dazu im Stande gewesen war.

Das Martern hatte ein Ende.

Jedes Jahr am Todestag legt sie ihrem verstorbenen Mann einen wunderschönen Strauß auf sein Grab und hegt und pflegt es das ganze Jahr über.

Aus Dankbarkeit.

Dankbarkeit darüber, so früh gegangen zu sein.

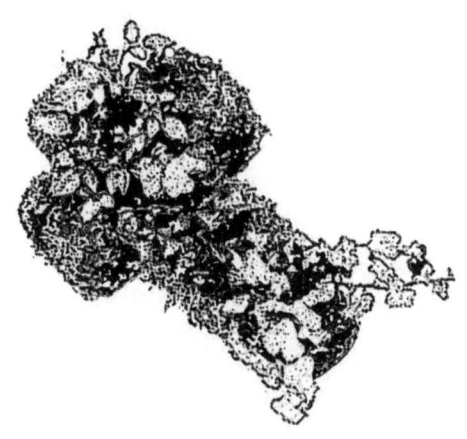

Hund is Hund

Ein Hund - ist ein Hund - ist ein haariges, treues, vierpfotiges Wesen, welches sich immer in der Nähe seines Herrn aufhält, wenn es kann.

Das soll nicht heißen, dass dieser Hund (der hier zum Beispiel, aber nicht zur Allgemeinvertretung der gesamten Gattung genommen wird) nicht auch einmal einen schlechten Tag hat, an dem er seine Ergebenheit und Treue nicht ganz so ausübt, wie er es sonst tut.

Besagter Hund also, gehörte einem Bauern mit dem Namen Hubertus Meier-Huber, dessen stattlicher Umfang von den vielen erfolgreichen Besuchen im Wirtshaus zeugte und der von seinen Freunden liebevoll mit Hubi benamst wurde.

Dem Hubi sein Wacki (was im Bayerischen sowohl Hund bedeutete, als auch der Name seines treuen Gefährten war) wurde selbstredend zu jedem seiner - von einem harten Durst angetriebenen - Besuche im "Goldenen Schwan" mitgenommen. Der Wacki war also vom Hubertus das Alibi, das es notwendig machte, sich auf Schusters Rappen die zwei Kilometer von dem außerhalb liegenden Gehöft, in Richtung Dorf zu begeben.

"Der Wacki muss a mal wieder raus", war die Begründung, die er seiner Frau Resi gab, wenn er sich, den Dackel unter dem Arm, auf den Weg machte.

'und I a' fügte er in Gedanken jedes Mal hinzu. Aber nur in Gedanken, denn er traute sich nicht, es laut zu sagen.

Die Resi war aber auch keine aus Dummsdorf und wusste genau wo ihr Mann die nächsten Stunden verbringen würde. Sie war nur schon zu lange mit ihrem Gatten verheiratet, um sich noch darüber aufzuregen und so rief sie ihm nur hinterher, er solle nicht so lange machen.

Der Hubi ging somit seines Weges und der Wacki lief ihm freudig hinterdrein, schnupperte hier und dort, hüpfte und lief und erledigte eifrig seine kleinen Dackelgeschäfte in die Wiesen und Felder, die den Weg säumten.

Im Wirtshaus hatte der Hubi, der von seinen Stammtischbrüdern schon erwartet wurde, einen lustigen Abend der - wie immer - gebührend begossen wurde und der Wacki legte sich

- auch wie immer –

unter den Tisch und bekam von der Maria (das war die Bedienung)

- auch wie immer - eine Schüssel mit Wasser und einen Knochen, der vom Mittagsgeschäft übrig geblieben war.

Um zwölf Uhr in der Nacht brachen die Spezln auf und auch der Meier-Huber Hubertus verließ das Lokal mit seinem Wacki im Schlepptau.

Anders als sonst musste er ihn öfter rufen, weil der Wacki einfach nicht hören wollte und der ohnehin schon schwierige Weg nach Hause, war so für ihn nicht zu bewältigen. Schließlich wurde es dem Hubertus zu bunt, dauernd nach dem eigenwilligen Hund zu rufen und er nahm ihn einfach an die Leine, die er in der Jackentasche stecken hatte. Ein bisschen anders kam ihm sein Hund schon vor, als er den Karabiner in den Ring am Halsband schnappen ließ, rechnete das aber seinem nicht geringen Alkoholgenuss an diesem Abend zu. Wankend versuchte er, den Hund im Schlepptau, seinen Weg nach Hause fortzusetzen.

Der Wacki zog und zerrte, oder trödelte hinterher, so dass der Hubi dauernd stehen bleiben musste, um ihn wieder in die richtige Richtung zu bekommen. Egal, wie sehr er versuchte auf dem Feldweg zu bleiben, der Hund behielt einfach nicht die Richtung, die er ihm anzudeuten versuchte. Schließlich blieb er stehen, zog den Hund an der Leine zu sich her und sah ihm tief in die Augen.

"Ja Wacki, was ist denn heut los mit dir? Du bist doch sonst ein ganz ein anderer.", lallte er dem Hund entgegen. Der sah ihn aber nur fragend an und das Spiel ging von vorne los.

Erst weit nach halb zwei erreichten Herr und Hund doch noch den Hof und der Meier-Huber leinte seinen Wacki in der Küche ab und schlich sich die Treppe hoch, um sich zu seiner Resi zu legen.

Am nächsten Morgen, als er seinen Rausch ausgeschlafen hatte, stieg er in die Küche hinunter und die Resi saß mit strenger, missbilligender Mine am Frühstückstisch bei ihrer Tasse Kaffee, in die sie eine Semmel brockte. So böse hatte sie ihn schon lange nicht mehr angesehen, wenn er die halbe Nacht im Wirtshaus verbracht hatte und so fragte er vorsichtig nach dem Grund.

"Also weißt, dass du dich ins Wirtshaus schleichst, versteh ich ja. Dass du vor zwölf nicht heimkommst, daran hab ich mich auch schon gewöhnt. Dass du den Wacki mitnimmst, lass ich mir auch noch eingehen. Aber, dass du so einen Fetzenrausch hast, dass du es nicht einmal mehr kennst, wenn du dem Korner seinen Schäfer mit nach Hause nimmst und unseren Hund draußen vor der Tür liegen lässt, das mein Lieber, geht nicht mehr in Ordnung. Oder hast gemeint, Hund ist Hund?", donnerte sie ihm die Antwort entgegen.

"Und ich hab mich schon gewundert, warum der Wacki so zieht.", murmelte der Meier-Huber.

Kalt

Kalt ist es geworden und der Nebel steigt empor.
Der Sommer ist vorbei, weil er diese Nacht erfror.
Raureif auf den Gräsern, wird vom Schnee bald abgelöst.
Winter wird bald kommen, der im Augenblick noch döst.

Kalt ist es geworden und die Tage scheinen kurz.
Umso länger wirft die Nacht, ihren dunklen Schurz.
Klarer Sternenhimmel, doch die Weste reicht mir nicht.
Drinnen brennt schon Feuer und wirft flackernd her sein Licht.

Kalt ist es geworden, Schatten schleichen rings umher.
Denke ich an morgen, wird mein Herz schon schwer.
Ach wie schnell vergingen, meine Sommer und mein Lieb.
Herbst und Winter scheint es, ist noch alles was mir blieb.

Kalt ist es geworden, doch ich bin noch lang nicht tot.
Winter wird bald kommen, doch erst kommt das Morgenrot.
Und ist er da, mein Winter, dann nehme ich ihn auf.
Steige wie der Nebel, hoch in den Himmel auf.

Poltergeister
im Bauwagen

Das ist eine Geschichte, die mir mein Vater einmal erzählt hat. Er hat auf dem Bau gearbeitet und war die ganze Woche über nicht zu Hause. Da hat er mit seinen Kollegen in einem Bauwagen geschlafen. Manchmal war es auch nur ein Container, in dem sie untergebracht waren. Es waren nicht immer die gleichen Männer, die zusammen in einer Gruppe geschlafen haben, aber doch häufig die selben. Sie hatten gerade eine neue Baustelle angefangen und waren zu dritt dort angekommen. Man wies ihnen einen Bauwagen zu, in dem vier Betten standen. Sie legten ihr Zeug in die Unterkunft und machten sich auf, um zu arbeiten. Abends dann, als sie sich zurückzogen, lernten sie den vierten Mann kennen. Er machte einen netten Eindruck und so hatte keiner etwas dagegen sich mit ihm den Platz zu teilen.

Mitten in der Nacht wurden sie aber wach. Ein Geräusch hatte sie geweckt. Sie hatten alle das Gleiche gehört. Ein gluckerndes Geräusch und ein Klacken, das ihm folgte. Einer der Männer machte Licht, doch sie sahen nicht woher das Geräusch gekommen war. Der Neue war nicht einmal aufgewacht und schlief selig, leicht schnarchend, vor sich hin. Nachdem sie nichts entdecken konnten und sich auch das Geräusch nicht mehr wiederholt hatte, legten sie sich wieder hin, um weiter zu schlafen. Es dauerte eine Weile bis sie alle wieder eingeschlafen waren, als sie von dem gleichen Geräusch wieder aufwachten. Ein Gluckern und ein Klackern. Diesmal waren sie sich einig, dass es sich anhörte, als würde jemand eine Glasflasche in einen Kasten stellen. Allerdings hatte keiner von ihnen eine Glasflasche, ganz zu schweigen von einem Kasten. Entschlossen, dem Geist auf die Schliche zu kommen, beschlossen sie abwechselnd Wache zu halten. Es dauerte nicht lange, bis sich das Gluckern wieder hören ließ.

Rasch machte der Kollege, der wach geblieben war, das Licht an und sie sahen sich um. Wieder konnten sie nichts entdecken. Der Neue schien einen sehr festen Schlaf zu haben, denn er hatte sich zur Seite gedreht und schien immer noch nicht aufgewacht zu sein. In dieser Nacht passierte nichts mehr und sie konnten doch noch ein paar Stunden Schlaf finden.

Am nächsten Morgen klärte sich die Sache mit dem Poltergeist ganz von alleine. Der neue Kollege tauschte seinen Bierkasten, der unter seinem Bett stand gegen einen vollen. Er hatte in der Nacht wohl Durst bekommen und durch den Abstand von Bett und Wand gegriffen, um diesen mit einem guten Schluck zu stillen.

Es gibt Menschen, die wandeln im Schlaf und dieser säuft halt.

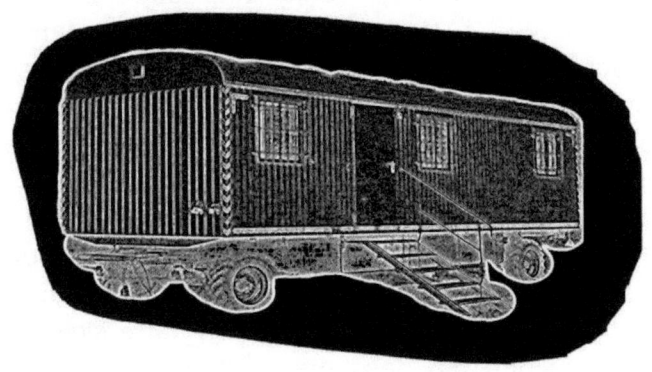

Die Wette

In Wirtshäusern sind schon seit je her die meisten Wetten abgeschlossen worden. Nicht im großen Stil und auch nicht mit den nennenswertesten Gewinnen, aber doch immer wieder um Kleinigkeiten wie eine Maß Bier, oder den ein, oder anderen Schnaps. Wie zu jeder Zeit, hat es auch damals Menschen gegeben, die einfach knapp bei Kasse waren und ein paar davon waren schlaue Füchse, die sich mit solch kleinen Wetten durchs Leben gebracht haben.

Einer dieser Menschen war der Konrad. Nun war es verständlicher Weise in der näheren Umgebung bekannt, dass er meist nichts in den Taschen hatte und auch sein Geschick mit Wetten hatte sich herumgesprochen, so dass niemand mehr auf seine Schliche einstieg. Der Konrad ließ sich dadurch nicht entmutigen und suchte dennoch das dörfliche Wirtshaus auf, um eine Halbe zu bestellen. Der Wirt persönlich kam an den Tisch und als der Konrad sein Bier bestellte, fragte ihn dieser erst, ob er es auch bezahlen könne, denn sein Deckel wäre bereits gut voll. Die Stammtischbrüder fingen an zu juxen und einer von ihnen rief zu ihm hinüber: "Wetten, dass du heut kein Bier bekommst?" Und der ganze Tisch verfiel in schallendes Gelächter. Der Konrad bedeutete dem Wirt, dass er später bestellen würde und wechselte an den Stammtisch. "Wetten doch?", fragte er mit einem spitzbübischem Grinsen. Das Gelächter verebbte und die Stammtischbrüder wollten wissen, wie er das anstellen wolle.

"Ihr selber werdet meinen offnen Deckel zahlen und mich die ganze Nacht bis zur Sperrstund' freihalten!" verkündete er. Wieder brüllten die Männer vor Lachen über den Tisch.

"Wie sollt's denn dazu kommen?", prustete einer.

"Weil des euer Wetteinsatz ist", erklärte er.

"Bei welcher Wette?", fragte der Mann weiter.

"Ich wett mit euch, dass ich mich selber in den Arsch beißen kann!"

Erneut lachten die Männer los. "Überlegt es euch!" forderte Konrad und setzte sich wieder zurück auf seinen Tisch in der Wirtsstube. Es begann ein Tuscheln und Flüstern am Stammtisch. Schließlich wurde man sich einig, dass man diese Wette sicherlich mit ihm eingehen könne, da es eine Unmöglichkeit wäre, die der Konrad auf keinen Fall bewerkstelligen könnte. Also war es beschlossene Sache und sie winkten ihn zu sich herüber. Konrad folgte der Weisung und setzte sich auf den freien

Stuhl, der ihm angeboten wurde.

"Was ist dein Wetteinsatz?", wurde er gefragt.

"Was soll ich den setzten?", stellte er eine Gegen-frage.

"Wenn du verlierst, dann fängst du mit keinem von uns je wieder das Wetten an!"

Konrad gab sich einverstanden mit den Bedingun-gen und sofort wurde er angewiesen, das Kunst-stück zu vollbringen.

Es wurde lustig an dem Tisch, denn sie waren sich sicher, dass sie diese Wette nur gewinnen konnten.

"Wir brauchen einen Schiedsrichter!", rief Konrad, der in die freudige Stimmung mit einstieg. Der Wirt wurde herangewunken und sogleich aufgeklärt um was es ginge.

"Gut, den will ich euch schon machen!", lachte der Gastronom, der sich das Schauspiel nicht entgehen lassen wollte.

"Stell dich nur auf den Tisch, damit alle sehen kön-nen, wie du dir selber in den Hintern beißt!" grölte einer und ein anderer half ihm auf die hölzerne Platte hinauf.

Der Konrad ging halb in die Hocke, streckte seinen Hintern recht weit hinaus und wackelte ein biss-chen damit hin und her. Das Lachen schwoll an und die ersten wischten sich bei dem Anblick bereits die Tränen aus den Augen. Dann fing er an den Kopf zu drehen und nach hinten zu biegen. Anschließend stellte er sich wieder aufrecht hin, um sich mit dem

Oberkörper nach vorne zu beugen. Wild mit den Armen rudernd heizte er die Stimmung an. Alle schrien, grölten und Lachten und hielten sich ihre Bäuche. Plötzlich stellte er sich kerzengerade hin, hob den Zeigefinger und sah ernst in die Runde.

"Achtung! Jetzt fang ich an!", gab er bekannt. Gespannt beobachtete die Menge, wie er in Zeitlupe den Mund weit öffnete, mit der rechten Hand an seine Zähne fasste, das Gebiss herausnahm und die Hand mit dem Gebiss in den Fingern an seinen Hintern führte.

Er hatte sich tatsächlich selbst in den Arsch gebissen und so die Wette gewonnen.

Die Stammtischbrüder zahlten seinen Deckel und hielten ihn bis zur Sperrstunde frei. Wettschulden sind Spielschulden und Spielschulden sind Ehrenschulden. Und Ehrenschulden lässt man nicht offen stehen. Aufgrund der guten Unterhaltung, die er ihnen geboten hatte, war ihm niemand ernsthaft böse. Dass der Konrad ein Hund war, das wussten sie ja auch vorher schon und wer fängt schon an zu wetten, wenn er nicht gewinnen kann?

Da Sündenbock (Teil 2)

Hatte ich schon erwähnt, dass ich bei uns zu Hause der Sündenbock gewesen bin? Nun, alles was daheim passiert ist, bin automatisch erst einmal ich gewesen. So passierte es, dass ich in meiner Kindheit viel eingesteckt habe, was mir bis heute noch gut in Erinnerung geblieben ist. Wir waren sieben Kinder bei uns und es war üblich, dass die größeren auf die kleineren Acht gaben. Hierbei musste ich auf meine kleinere Schwester aufpassen und die folgende Geschichte hat auch mit ihr zu tun.

Es war Winter und in der Nachkriegszeit, wo keiner was gehabt hat, fielen die Geschenke unter dem Christbaum nicht so üppig aus, wie man das in der heutigen Zeit kennt. Meist bekam man Kleidung und wir freuten uns, wenn wir ein paar neue Fäustlinge, einen Schal, oder einen dicken Pullover bekamen. Von den reich gedeckten Tischen, die es heutzutage gibt, haben wir uns nicht einmal getraut zu träumen. Meine Mutter backte die Plätzchen heimlich in der Nacht und versteckte sie, bis es Weihnachten war. Da gab es auch nicht schüsselweise tausende von Sorten, sondern ganz einfache Butterplätzchen und für jeden von uns auch nur eine Hand voll.

Doch zurück zur eigentlichen Geschichte. Ich nahm den Schlitten und meine kleinere Schwester und ging mit ihr nach draußen. Nicht weit von unserem Haus war ein kleiner Hügel, den wir Kinder voller Begeisterung hinunter rodelten. Es dauerte nicht lange, bis mich meine Schwester am Ärmel zupfte, weil sie auf die Toilette müsse. Also unterbrachen wir unser Schlittenfahren und ich ging mit ihr zurück. Vor der Haustür wartete ich, bis sie wieder auftauchte. Erneut steuerten wir das Bergerl an, um dort Schlitten zu fahren. Wir waren vielleicht dreimal den Hügel runtergerutscht, da zupfte sie mich schon wieder am Ärmel.

"Ich muss aufs Klo", flüsterte sie mir zu.

"Scho wieder? Du warst doch gerade erst?" Verwundert blickte ich sie an, schüttelte den Kopf und machte mich erneut mit ihr auf den Heimweg. Wieder wartete ich, bis sie zurück kam und zog sie dann auf dem Schlitten zum Hügel. Auch dieses Mal waren wir nicht lange mit dem Gefährt unterwegs und sie musste schon wieder auf die Toilette. Jetzt wurde es mir zu bunt. Ich hatte keine Lust mehr, dauernd zwischen Hügel und Haus hin und her zu laufen und dachte an einen Streich meiner Schwester.

"Also gut. Wir gehen wieder nach Haus, aber dann

bleib'n wir da. Dann geht's nimma zum Schlitten- fahren", drohte ich, doch sie beharrte darauf, dass sie ganz dringend müsste. Ich packte sie auf den Bockschlitten und trat den Heimweg mit ihr an. Als wir zu Hause waren, räumte ich das Kuvenfahrzeug auf und folgte ihr in die Wohnstube. Meine Mutter wartete schon auf mich und schimpfte, weil meine Schwester nur mit einem Handschuh wieder da- heim angekommen war.

"Woher soll i denn jetzt so schnell ein neues Paar Handschuh herbekommen?", fragte sie mich mit strengem Blick. "Da musst doch aufpassen! Den hatt s' bestimmt verloren", schimpfte sie. Meine Schwester verlor einen Handschuh und ich war wieder einmal schuld daran. Mit hängendem Kopf machte ich mich erneut auf den Weg zum Hügel, um das wollene Ding zu suchen. Erst als es schon dunkel wurde, gab ich auf und schlich nach Hause. Reumütig gestand ich, dass ich den Handschuh nicht mehr gefunden hätte. Dafür bekam ich oben- drein noch Schelte, weil ich so lange ausgeblieben war und es schon Nacht gewesen ist, als ich nach Hause gekommen bin. Lange war mir meine Mutter nicht böse, was wohl auch daran gelegen haben kann, dass der Handschuh bald darauf wieder auf- getaucht war. Dieser lag nämlich in der Plätzchen- schachtel, die meine Mutter im Schrank versteckt hatte und als sie die Teller für Weihnachten her- richten wollte, entdeckte sie ihn und auch die Frage, warum meine Schwester damals so oft zur Toilette musste, war geklärt. Sie hatte das Versteck meiner Mutter entdeckt und ein richtiges Loch in den Weihnachtsvorrat gegraben. Entschuldigt hat sich meine Mutter für die Schelte, die ich bekommen habe nicht. Aber das war damals einfach so. Da hieß es höchstens, das gilt fürs nächste Mal. Aber beim nächsten Mal hat es natürlich nicht gegolten.

Weihnachtszeit

Weihnachtszeit.
De stade Zeit.
A Zeit, auf de sich jeder g'freit.

Schnee und Eis,
alles Weiß.
Im Kamin brennt's Feuer, heiß.

Da Weihnachtsbam,
steht wie a Tram.
Buntes Licht in jedem Raum.

Duft von Zimt,
Tann und Rind'.
Bis des Christkind endlich kimmt.

A Glöckerl läut,
es is so weit.
Jetzt is sie da, de Heil'ge Zeit.

Was man sich früher so erzählt hat...

Vom Rupertigroschen

Bei Reichenhall, so geht eine Sage, steht eine Burg am Karlstein, auf der es nicht geheuer zugehen soll.

Dort soll vor langer Zeit einmal ein wunderschönes Mädchen gelebt haben. Diese hieß Gisela und war in einen armen Mann aus der Gegend verliebt. Der Vater hatte andere Pläne und so war sie einem fremden Ritter versprochen worden, der Gut und Geld besaß. Gisela versuchte alles, dem Vater dieses Ansinnen auszureden, doch dieser beharrte auf die Hochzeit und gab nicht nach. Er ließ alles für die Vermählung mit dem Ritter vorbereiten und überging das Unglück seiner Tochter, welches sie Tag und Nacht weinen ließ.

Am Hochzeitstag, so heißt es, soll sie sich über den Burgfelsen hinab zu Tode gestürzt haben.

Wer seinen Weg auf die Burg hinauf nimmt, der

könne einen Rupertigroschen finden. Zwar sei es dem Finder gestattet diesen aufzuheben, doch solle er sich schleunigst davon machen. Denn, wenn er verweilen würde, würde er mit Sand und immer größeren Steinen beworfen werden und in Todesangst sterben, obwohl in nichts wirklich treffen würde. Wer den Groschen findet und ihn unbeachtet liegen lässt, dem zeige sich das Fräulein der Burg und er dürfe einen Blick auf ihre unbeschreibliche Schönheit werfen.

Über die Eis-Wein Königin

Mit Haaren, in der leuchtend roten Farbe des Herbstlaubes eines Weinstocks und milchweißer Haut, ohne den kleinsten Makel auf ihrem Körper, sitzt sie auf dem groben Felschen aus dunklem Stein vor der halb verfallenen Hütte und betrachtet, über die Reben hinweg, mit zur Seite geneigtem Kopf den Sonnenuntergang. Ihre strahlend grünen Augen streifen über die Pflanzen mit ihren üppigen Fruchttrauben. Wie flüssiges Kupfer fällt ihr seidiges Haar in leichten Wellen über ihre Schultern und bedeckt ihren nackten Rücken, um mit den Spitzen weiter über den Stein unter ihr zu fließen. Kleine Wölkchen entfliehen ihren Lippen. Sichtbarer Atem in der sich abkühlenden Abendluft des beginnenden Herbstes, der sich feinstofflich verteilt und im Licht der untergehenden Sonne zu schimmern beginnt, wie Diamantensplitterchen.

Minutenlang starrt der junge Mann auf dieses Bild der seltsamen, nackten Braut, die mit jedem Atemzug mehr magisch glitzernden Nebel über die fallenden Höhen seines Weinackers strömen lässt.

Er hat sie nicht geglaubt, die Geschichten seines Großvaters, von dem er das verwilderte Stück Land geerbt hatte. Humbug war es, was der alte Mann in seinen letzten verwirrten Jahren versucht hatte, ihm über die Geisterwesen seiner Heimat zu vermitteln, die den Berg so wertvoll für ihn gemacht hatten.

Jetzt, da er selbst an seinem Verstand zu zweifeln begann, stand er staunend, ratlos, bar jeder Erinnerung an die richtigen Worte an dieses Wesen da und bereute die Momente, in denen er den Worten des Verstorbenen nicht gelauscht hatte.

Die Schöne stand auf und wandte sich ihm zu. Mit jedem Schritt wuchs ein Kleid aus eisigen Kristallen und Raureif auf ihren Körper und bis sie vor ihm stand, war ihre ganze Gestalt weiß gefroren. Vorsichtig nahm sie sein Gesicht in die kalten Finger und küsste den, vor Unfassbarkeit bewegungslosen Mann. Der Geschmack von süßem, wunderbarem Eiswein floss in seinen Mund und er schloss versonnen und berauscht die Augen.

Als er wieder zu sich kam, war die Gestalt verschwunden. Eine Träne lief ihm über die Wange, als hätte er einen schmerzhaften Abschied genommen und im gleichen Augenblick wusste er, dass der Wein aus diesen Reben der letzte wäre, der so gut sein würde, wie in den Jahren, als sein Großvater noch kelterte, denn er hatte versäumt, die Königin des Eisweines an diesen Berg zu binden.

Über die Totenbrettl

Wie man aus alten Geschichten vielleicht noch kennt, wurden die Verstorbenen früher drei Tage lang in der Wohnung auf einem Totenbrett aufgebahrt. Dieses Brett wurde nach der Beerdigung im Freien aufgestellt und es hieß, erst nachdem es vergangen wäre, würde der Verstorbene Ruhe finden.

Einst hatte ein Bauer den Tod seines Vaters zu beklagen und auch für ihn wurde so ein Totenbrett gefertigt. Allen Umständen zum Trotz, wollte es einfach nicht verwittern und vergehen. Nach fünf Jahren stand es immer noch wie neu an der Stelle, an der es aufgestellt gewesen war und die Leute zerrissen sich immer wieder die Mäuler, welche schweren Sünden der Verstorbene wohl begangen haben musste, um so lange keinen Frieden finden zu können.

Da wurde es dem Bauern zu bunt und er nahm das

Brett kurzerhand ab, um dem Prozess ein wenig nachzuhelfen. Voller Zorn warf er es auf den Acker, damit es nass und faulig würde und endlich verrotten sollte.

Doch von da an erschien ihm sein Vater jede Nacht und suchte ihn heim. Es heulte im ganzen Haus und nach drei langen Nächten, in denen niemand auf dem Hof mehr Schlaf finden konnte, stellte er das Brett wieder an seinen angestammten Platz.

Es dauerte noch zehn Jahre, bis es endlich in sich zusammenfiel und der Bauer meinte, in dieser Nacht einen Stoßseufzer gehört zu haben, der von keinem Menschen stammen konnte.

Von den Irrwurzn

Eine Irrwurz ist, wie der Name schon beschreibt, eine Wurzel. Unsere Irrwurzn findet man im Wald auf Wegen, die der Erzähler zumeist nicht sehr oft gegangen ist und sie deshalb auch nicht gut gekannt hat. Wer selbst schon einmal im Wald unterwegs war, der weiß, dass die Wurzeln der Bäume weit in die Wege hineinraten und wer nicht aufpasst, wohin der tritt, der kann leicht über einen der hölzernen Baumfüße stolpern. Wenn einer die Wege nicht kennt, die er beschreitet, der kann sich auch schon mal verlaufen und so stundenlang durch den Wald irren. Ist einem das in früherer

Zeit passiert, dann hieß es, man sei wohl auf eine Irrwurz getreten, die es verursacht habe, dass sich der Betreffende im Wald verirrt. Mancherorts wird dabei von Hexenwegen gesprochen. Die Hexen hätten die Wurzen verzaubert, so dass sich der arglose Wanderer regelrecht in den Wäldern verfängt. Man hat allerdings auch von Waldgeistern gehört, die sich mit den Irrwurzen einen Scherz erlauben.

Von weißen Frauen aus dunkler Zeit

Die "Weiße Frau" von Wolfseck ist nur eine von vielen. Wenn von der Weißen Frau geredet wird, dann ist nicht immer klar, von welcher.
Gemeinsam haben diese Gestalten allerding ihre Herkunft, handelt es sich doch durchgängig um frühere Burgfräulein, die große Sünde auf sich geladen haben, oder sogar eines gewaltsamen Todes gestorben sind. Was genau die Weiße Frau mit ihrem Erscheinen bezweckt, kann im Vorhinein keiner so genau sagen. In manchen Erzählungen warnen sie vor Gefahr, in anderen sind sie böse und wollen einem Schlechtes.

Über das Nachtgejaid

Nachtgejaid, oder Nachtgejagd, Himmelsreiter, wilde Horde, oder auch die wilde Jagd sind Benennungen, die alle Ein und Dasselbe beschreiben.

In so genannten Rauen Nächten sollen sie ihr Unwesen treiben und mit Geheul und Gebrause über unschuldige Wanderer hinweg fahren, die sich zu unstatthafter Stunde nicht im Haus befinden, um sie in die Lüfte zu heben und mit sich zu nehmen. Eine Erzählung berichtet von einer solchen Erscheinung, außerhalb der gewohnten Zeit für dieses Ereignis. Nicht in den Rauhnächten, sondern in der Faschingszeit soll ein Mann von Wotan und seiner Horde auf dem Nachhauseweg entführt worden sein. Erst zwölf Tage nach dem Verschwinden erreichte er sein Heimatdorf und sei seit dieser Zeit nicht mehr der Selbe gewesen. Was genau geschehen war, konnte man nicht aus ihm herausbringen und so nahm er das Geheimnis seiner Reise mit ins Grab.

Über die Teufels-Tür zu Landsberg

Am Eingang der alten Brauerei der Malteser findet sich ein Loch mitten in der Wand. Die Sage erzählt zu einer Zeit nach den Schwedenkriegen, in der sich Landsberg erholt hatte und Wohlstand in die Stadt eingekehrt sei. Die Bewohner sollen einen Schatz angehäuft haben, den sie im Haus des so genannten Lechbaders verbargen. Nun ist der Teufel ein gieriger Geselle und als er von dem Haufen erfuhr, setzte er sich kurzerhand darauf und ließ sich nicht vertreiben. Ein Jesuit soll ihn gebannt haben, doch konnte er ihn nicht in die Hölle zurück weisen. Als schwarzer Pudel saß der Teufel weiter auf dem Schatz und funkelte mit glühenden Augen jeden an, der sich ihm näherte. Die Jesuiten verbrachten den Schatz mitsamt des gebannten Teufels auf heiligen Boden und führten viele Exorzismen durch, ehe der Teufel das Gold doch noch aufgab. Auf seinem Weg in die Hölle sei er mitten durch die Wand gefahren. So oft sie versuchten, das Loch zuzumauern, fielen die frisch gemauerten Steine wieder ein, bis man sich schließlich dazu entschloss, diese Tür des Teufels einfach zu belassen.

Das letzte Paar Schuhe

Als mein Urgroßvater ins Krankenhaus kam, war der ganzen Familie bewusst, dass er es nicht mehr aus eigener Kraft verlassen würde. Der Anruf, es ginge auf die letzte Stunde zu, überrannte uns dennoch. Es war selten, dass die ganze Familie zusammenkam, doch nun war es soweit. Seine Frau, die Kinder und Kindeskinder und auch deren Kinder standen um sein Bett versammelt. Entsetzte Gesichter, blass und mit Tränen in den Augen. Wartend auf das, was da kommen musste.

Doch es kam nicht. Stattdessen wollte er seine braunen Lederschuhe gebracht haben. Meine Urgroßmutter schüttelte den Kopf.

"Die brauchst du doch nicht hier, im Krankenhaus. Du hast doch die Pantoffel", sagte sie.

"Jetzt nicht, aber später", lautete seine dünnstimmige Antwort.

So ging es eine ganze Woche. Immer wieder ein Anruf, es wäre jetzt doch soweit und stundenlang saßen wir an seinem Bett. Jeden Tag ging es ihm schlechter und jeden Tag forderte er aufs Neue seine ledernen Schuhe.

Als die Qual, ihn so zu sehen, für meine Urgroßmutter unerträglich wurde, packte sie ihm schließlich doch noch die braunen Schuhe ein und brachte
sie ihm ins Krankenhaus.

Sie nahm sie aus der Tüte und drückte sie ihm in
die Hände. Tränen flossen ihr über die faltigen
Wangen, als sie ihn endlich gehen ließ.

Die Schuhe endlich in den Händen, starb er mit
einem unhörbaren Dank auf den Lippen.

Wenn ein Sterbender dich um Schuhe bittet, dann
erfülle ihm diesen Wunsch, denn du weißt nicht,
welchen Gang er noch vor sich hat...

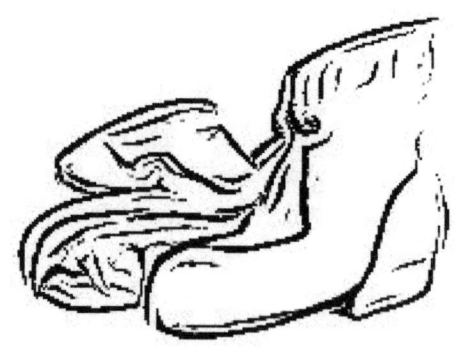

Der Schwarze Bote

In beinahe jeder Familiengeschichte lassen sich unheimliche Erzählungen finden, wenn man nur tief genug in der Vergangenheit gräbt. Signale aus dem Jenseits, Geistererscheinungen, welche Warnungen überbringen, oder erlösende Hinweise auf versteckte Familienschätze. Uhren, die zum Zeitpunkt des Todes plötzlich und ohne Grund aufhören zu ticken, Bilder, die ohne Zutun von der Wand fallen, oder andere Zeichen, welche das Entschwinden der Seele zu bestätigen scheinen.

Eine solche Geschichte möchte ich Euch jetzt erzählen.

Es war während des Zweiten Weltkriegs und Marianne, meine Großmutter von mütterlicher Seite hatte ihre liebe Not die Kinder durch diese harte Zeit zu bringen. Kaum reichte das Essen, um die Kindermägen zu füllen und richtig satt war schon lange keiner mehr von ihnen geworden. Hungrige Augen blickten aus jedem der schmal gewordenen Gesichter zu ihrer Mutter, die nach Kräften versuchte ihnen gerecht zu werden. Ihr Mann war im

Krieg, wie die meisten Männer, was ihr alles an Kraft abverlangte, das sie aufbringen konnte.

Als er von seiner Familie weggerissen wurde, um seine ungeliebte Pflicht zu tun, versprach er seiner Frau auch im Falle seines Todes wieder zu kehren.

"Wenn ich tot bin, dann komme ich als schwarzer Hund zurück und klopfe an dein Fenster", versuchte er sie über den Abschied hinweg zu trösten.

Meine Großmutter war viel zu beschäftigt ihre Familie über Wasser zu halten, als dass sie sich Gedanken über diesen letzten Satz hätte machen können. Lange Zeit freute sie sich über jeden Brief von ihm, der den Weg nach Hause fand. Dann brach der Kontakt ab. Die eigenen Sorgen, die Bombenalarme und die Not in dieser Zeit hinderten sie, sich mit dem Gedanken zu beschäftigen welcher folgen musste.

Die Bestätigung, über den Tod ihres Mannes traf sie hart. In dieser Nacht fand sie keinen Schlaf und eine Erinnerung an die letzten Worte ihres Abschieds drang in ihr Gedächtnis. Umso mehr erschrak sie, als es am Fenster klopfte. Zögernd näherte sie sich und sah durch die dünnen Glasscheiben nach draußen.

Ein riesiger schwarzer Hund saß vor ihrem Fenster und kreidebleich riss sie die hölzernen Flügel auf.

"Karl? Bist du es?" Gebannt wartete sie auf eine Antwort. Zugleich schalt sie sich selbst, weil sie so etwas Dummes hoffte. Ein Knurren kam von dem schwarzen Tier, das plötzlich zu sprechen begann.

"Ja, ich bin es." Marianne wusste nicht, ob die Stimme ihres geliebten Gatten von dem Hund, oder nur in ihrer Fantasie durch ihren Kopf fuhr. Da sprach er auch schon weiter.

"Wenn der Bahnhof in Aubing zerbombt wird, ist der Krieg vorbei. Dann wird es euch wieder gut gehen." Ein trauriger Blick aus treuen Augen sah zu ihr durch das Fenster. Starr sah sie dem Hund zu, wie er sich umdrehte und im Dunkel der Nacht entschwand.

Marianne verlor das Bewusstsein.

Am folgenden Tag fielen die Bomben, die den Bahnhof in Aubing zerstörten und es kam, wie die Erscheinung es angekündigt hatte.

Der Krieg fand sein Ende.

Viele Jahre schwieg sie über die nächtliche Begegnung und trug das Geheimnis mit sich herum. Bis an ihren letzten Tag war sie sich nicht sicher, ob sie dieses Erlebnis tatsächlich hatte, oder ein wirrer Traum ihrer Erschöpfung und Trauer sie überfiel.

Ich für meinen Teil, bin mir sicher, dass in der Stunde ihres Todes ein schwarzer Hund neben ihr am Sterbebett gesessen hat, denn als es mit ihr zu Ende ging, glitt ihre Hand mehrmals streicheln durch die Luft.

Bavarian Werwolf

Gruselfilme haben mich in meiner Sturm- und Drangzeit immer schon gereizt. Meine damals beste Freundin auch, doch wir hatten beide ein Problem. Wir wollten die Horrorschocker nicht alleine ansehen. Also verabredeten wir uns für einen Grusel-Horror-Video-Abend bei ihr zu Hause. Unsere Wahl fiel auf American Werwolf, den wir uns zusammen ansahen. Ein bisschen enttäuscht war ich schon, als er zu Ende war, denn nach den Erzählungen unserer Freunde sollte er besser sein als wir feststellen konnten. Wir tranken noch einen Cappuccino und dann verabschiedete ich mich, um nach Hause zu fahren. Ich nahm, wie immer im Sommer, die Abkürzung über die Wolframslinde. Eine abgelegene Straße, die nur an wenigen Häusern vorbeiführt und gerade so breit ist, zwei Autos aneinander vorbei zu lassen. Als ich in Lederdorn abbog und die steile Anhöhe hinauffuhr, schien das Wetter umzuschlagen. Leichter Dunst stieg von den Feldern empor, doch ich dachte mir nichts dabei und setzte meinen Weg fort. Gerade als ich an der

Linde vorbei war, wurde aus dem Dunst schlagartig dicker Nebel und an der Abzweigung nach Kötzting, die von Wanderern gerne zum Haidstein hoch genommen wird, sah ich so gut wie nichts mehr. Ich fragte mich, ob ich umdrehen sollte, doch ein Blick in den Rückspiegel verriet mir, dass es hinter mir auch nicht besser aussah. Im Schritttempo versuchte ich auf dem geteerten Weg zu bleiben und an der Stelle, an der man in das Waldstück wieder hineinfährt, war es dann so weit. Ich musste aussteigen und nachsehen, wo der Weg lang ging. Mitten im Nebelfeld stieg ich aus meinem Wagen und stapfte mutig ein paar Schritte vor das Auto. Plötzlich fing es im Wald laut an zu heulen und ich erschrak. Die Bilder des Filmes vermischten sich mit der Nebelsuppe, in der ich sprichwörtlich die Hand vor Augen nicht sehen konnte. So schnell ich konnte rannte ich zum Auto zurück und schlug die Tür heftig zu. Das Heulen ließ nicht nach, wurde sogar noch stärker und ich hatte den Eindruck, es würde näher kommen. Es schien ein ganzes Wolfsrudel zu sein, das durch den Wald huschte. Mein Herz schlug hart gegen meine Brust und ich brauchte einige Minuten, bis ich mich wieder beruhigte. Das Geheule ebbte ab und ich tastete mich Meter für Meter durch den Nebel, bis nichts mehr ging. Wieder musste ich aussteigen. Ich wollte nicht, aber was blieb mir anderes übrig. Mein Verstand versuchte mich zu beruhigen. Es gibt keine

Werwölfe und in unserer Gegend auch keine Wölfe. Ich riss mich zusammen und trat erneut ins Freie. Angestrengt lauschte ich, doch es kam kein Heulen. Erst als ich mich vom Auto entfernt hatte, fing es wieder an. Das Spielchen wiederholte sich noch zweimal, ehe ich endlich in Ramsried ankam und sich der Nebel lichtete.

Ich schwor mir, nie wieder so einen Film anzusehen, wenn ich noch nach Hause fahren musste.

Einige Tage später hörte ich zufällig, dass man die Hunde von Kötzting durch die Trichterförmige Geländeführung sehr gut bis zur Linde hören würde. Besonders in einer Vollmondnacht, wie wir sie erst gehabt hätten, würde man ihr Geheule hören, als würde man direkt neben ihnen stehen.

Wahrscheinlich bin ich etwas blass geworden, beim Gedanken an den Horrorweg in dieser Nacht, habe aber nichts darüber gesagt.

Warum der Meier Hannes nie zum fischen ging

Auf dem Hof vom Meier Hans, hat es unüblich zur damaligen Zeit, nur drei Kinder gegeben. Den Sepperl, die Christl und den Hannes, der als Nachzügler noch gekommen war. Wenn die großen zwei in der Schule waren und die Mutter den Haushalt erledigte, dann war der Hannes mit seinen vier Jahren schon sehr unbeobachtet, was auch keine große Sache gewesen ist, weil er ein recht braver Bub war, der sich stundenlang selber hat beschäftigen können. Seit der Kommunion seiner Schwester, saß er jeden Tag vor dem Goldfisch, den sie von der Tante Leni geschenkt bekommen hatte und beobachtete ihn, wie er in seinem Glas eine Runde nach der anderen zog. Das ging nur, wenn die Christl in der Schule gewesen ist, denn sie hat es nicht geduldet, dass der Kleine dauernd gegen das Glas geklopft hat und schließlich war es ja ihr Goldfisch, der ihr ganz alleine gehörte. Es war kurz nach zehn, da ist dem Hannes ein Gedanke gekommen, dass dem Fritzl (so hat die Schwester ihren Fisch genannt) in seinem Glas sehr langweilig sein müsse, weil er den ganzen Tag nur das eine Zimmer sah und in seinem gläsernen Gefängnis so gar nichts von der Welt mitbekommen konnte. Er beschloss, dem Fritzl den Hof zu zeigen und dass er nicht das einzige Viecherl hier war, damit er nicht mehr so traurig schauen müsse. Der Goldfisch schien nicht der gleichen Meinung zu sein, wie der Hannes, denn er wehrte sich heftig gegen die Patschhanderl, die nach ihm griffen und es dauerte einige Zeit, bis er den Fritzl doch noch zu fassen bekam und ihn aus dem Goldfischglas herausziehen konnte. Der Hannes zog ein Schnürl aus seiner Hosentasche und band es dem Fritzl an die Schwanzflosse.

"Halt still, du Depp! Des is, damit du mir ned wegläufst", hat er gemeint und schon ging die Führung los. Der Fritzl ist hinter dem Hannes hergehüpft, vor Freud' endlich aus dem engen Glas heraus zu sein, wie dieser gemeint hat und der Hannes ist mit ihm die Treppe hinunter und auf den Hof. Der Xaverl, das war der Hofhund, hat sich nicht für den Fritzl interessiert und so war die Vorstellung der beiden nur eine kurze Angelegenheit, bevor der Hannes den Fisch weitergezogen hat. Er hat dem Fritzl den Stall gezeigt und auch die Kühe, die in ihren Verschlägen standen, aber nur vom Tor aus, denn er meinte, so eine Kuh würde den kleinen Fritzl leicht übersehen können und, wenn er zu nah mit ihm an das Vieh heranginge, dann könnte eines von ihnen den Fritzl vielleicht – aus Versehen- verschlucken, oder zertreten. Oft hatten die Eltern den Hannes gewarnt, alleine in den Stall zu gehen, weil dort ein Unglück geschehen könne. Also ging der Hannes mit dem Fritzl im Schlepptau weiter, zeigte ihm den Heuschober, die Hünersteige und kam schließlich vor der Haustür wieder mit ihm an. Das Morle, die Katze auf dem Hof, betrachtete die beiden Störenfriede, denn sie hatte sich auf den Stufen in die Sonne gelegt. Neugierig schnupperte sie an dem Fritzl und schwupp – war er plötzlich in ihrem Mund. Der Hannes schrie und haute dem Morle eine auf den Kopf. Erschrocken ließ die Katze den Fisch fallen und machte sich davon.

"Ich glaub', es ist besser, wenn wir wieder rein gehen", meinte der Hannes und zog den Fritzl hinter sich her, in die Küche. Dort war die Mutter gerade dabei das Mittagessen zu kochen und als sie bemerkte, was der Hannes da hinter sich herzog, sah sie ihn ganz entsetzt an.

"Warum hast das denn gemacht?", hat sie den Bub gefragt und der Hannes hat ihr alles erzählt. Wie er den Fritzl beobachtet hat und, dass dieser ganz traurig geschaut hätte in seinem Goldfischglas. Wie er ihn an die Leine genommen hätte, damit er ja nicht weglaufen könne und, dass sie nur vom Tor aus in den Kuhstall geschaut hätten, weil das ja so gefährlich ist, wenn man klein ist und alleine hineingeht. Dass das Morle ihn beinahe verschluckt hätte und, dass der Fritzl jetzt wohl schon sehr müd sein müsse, weil er schon schliefe.

Dabei hatte er das Schürl in die Luft gezogen und der tote Goldfisch baumelte daran in der Luft.

Die Mutter versuchte ihrem Buben zu erklären, was er da getan hatte und als der Hannes begriff, dass er den Fritzl auf dem Gewissen hatte, riss er die Augen weit auf und fing sofort an zu weinen. Nicht wegen dem Fritzl, denn der war ja jetzt im Himmel und würde auf einer Wolke sitzen, sondern wegen seiner Angst vor seiner Schwester, die bestimmt saugrantig sein würde, wenn sie hörte, das er den Fritzl umgebracht hatte.

Aber die Christl war gar nicht saugrantig, sondern traurig und weinte den ganzen Tag. Der Hannes wollte sie trösten und die Mutter kam mit einer Zigarrenkiste an, in welcher der Fritzl beerdigt werden konnte. Das wollte der Sepperl nicht, weil es sich grad um die schöne Kiste gehandelt hatte, die ihm der Vater versprochen hatte, wenn sie leer wäre. Der Fritzl wurde trotzdem damit im Garten beerdigt und so weinte die Christl wegen ihrem Fritzl, der Hannes, weil er langsam begriff, dass er ein Mörder wäre und der Sepperl, weil die schöne Kiste vom Vater als Sarg mit eingegraben werden sollte, auf die er sich schon so lange gefreut hatte.

Die Christl und der Seppl verwanden den Verlust, wie das bei Kindern meist der Fall ist, sehr schnell.

Den Hannes aber, schien das Ereignis und die eigene Schuld einfach nicht loszulassen. Auch, wenn ihm die Geschwister nicht böse waren und auch sonst keiner, zog sich der Bub immer weiter in sich zurück und aß auch kaum noch etwas. Die Mutter überlegte, wie sie ihrem Jungen helfen könne und schließlich kam ihr eine Idee. Sie nahm den Hannes an die Hand und machte sich mit ihm auf den Weg zum Pfarrer. Nach einem kurzen Gespräch mit ihm, nahm der Geistliche den Hannes mit in die Kirche, setzte ihn in den Beichtstuhl und der Hannes durfte seine Beichte ablegen. Niemand weiß, was der Pfarrer da mit ihm geredet hat, denn das fällt unter das Beichtgeheimnis.

Als der Bub wieder herauskam, schwor er aber seiner Mutter und allen Heiligen, nie wieder einen Fisch aus seinem Wasser zu nehmen.

Dieses Versprechen hat der Hannes sein Leben lang gehalten, auch wenn später keiner verstanden hat, warum er nie zum Fischen gegangen ist.

Das Geheimnis

Lehrjahre sind keine Herrenjahre. Dieser Spruch traf in der damaligen Zeit mehr zu, als er es heute tut und als die Schneider Leni ihre Lehre machte, war die Arbeit nicht auf das beschränkt, was den Beruf ausmachte. Ob es nun private Botengänge, oder das Putzen der Wohnung der Lehrherrin war, machte keinen Unterschied. Auch andere Arbeiten, für die sich die Frau Huber zu schade war, konnte der Lehrling übernehmen. So musste sie einmal in der Woche das Gewand ihrer Lehrherrin in die Reinigung bringen und es dann wieder abholen, wenn es fertig war. Die Huberin hat das Geholte im Laden begutachtet und sie anschließend in die Wohnung hochgeschickt, wo sie der Zugehfrau zur Hand gehen musste. Die Hübnerin war eine Frau in den Vierzigern und arbeitete vormittags im Laden mit und erledigte nachmittags den Haushalt der Huberin.

Eine Schau war das schon, wenn die Leni in die fein eingerichtete Wohung der Ladenbesitzerin kam, denn sie selbst konnten sich so einen Luxus nicht leisten. Eine Vitrine mit edlem Porzellan und Nippes, farbenprächtige Teppiche und Mahaghoni-Möbel standen da herum, als würde das alles nichts kosten.

Die Huberin hatte auch einen Papagei, der ihr ganzer Stolz gewesen ist, weil er so eine schöne Schwanzfeder hatte. Der hieß Hansi und dieser Vogel war ein rechtes Mistviech, welches sich die Voliere selbst aufmachen konnte und natürlich nicht freiwillig wieder hineinwollte. Der Hansi hat auf seinen Ausflügen durch die Wohnung immer alles vollgeschissen und die Frau Hübner und die Leni durften das wieder wegmachen und ihn einfangen, wobei er sie öfter als einmal gezwickt hat.

"Wie der Herr – so des G'scherr", hatte die Hübnerin oft gesagt und dabei gelacht. Auch an diesem Tag musste die Leni sich wieder bei der Hübnerin melden, um ihr beim Putzen zu helfen und sie hörte sie schon auf der Haustreppe fluchen, weil der Hansi wieder einmal alles fallengelassen hatte, was nur in einem Vogel dieser Größe drin sein konnte. Sie klopfte und wartete, bis ihr die Zugehfrau öffnete.

"Als erst's müss ma den depperten Vogl in den Käfig stecken. Der ist scho wieder ausgebrochen", stellte die Hübnerin fest. "Du musst ma helfen, ich krieg den heut' nicht allein." Also hat die Leni das Gewand an die Garderobe gehängt und ist mit der Hübnerin auf die Jagd gegangen. Durch die ganze

Wohnung haben sie den Hansi gescheucht und als er auf der Vitrine gelandet war, hat die Hübnerin ihn an der Schwanzfeder zu fassen bekommen und nicht mehr ausgelassen. Der Papagei hat mit den Flügeln geschlagen und wollt davon und als die beiden den Vogel endlich hatten. ist es passiert.

Die Feder hat nachgegeben und die Hübnerin hatte den Stolz vom Hansi und der Huberin in der Hand. Sie verfrachtete den Papagei wieder in seinen Käfig und voller Zorn hat sie das Türchen mit Schwung zugemacht. Die Feder in der Hand, hat sie die Leni angeschaut. Dann hat sie sie einfach in den Käfig gelegt.

"I sag' nix und du sagst auch nix", hatte sie zu dem Mädchen gesagt. Die Leni hat ganz eifrig genickt, weil wenn die Huberin die Wahrheit erfahren hätte, hätt' sie bestimmt Hundstage gehabt. Die beiden haben dann das Chaos der Verfolgungsjagd beseitigt und die Leni ist danach heimgegangen.

Am nächsten Morgen hat die Huberin ganz aufgeregt erzählt, was passiert war.

"Stellt 's euch vor, der Hansi hat sei schöne Schwanzfeder verloren."

Die Hübnerin und die Leni haben sich angeschaut und recht entsetzt getan. Dabei hatten sie alle Mühe, nicht zu lachen.

"Des bleibt unser Geheimnis", hat die Hübnerin der Leni zugeflüstert, als sie allein waren und die Leni hat gegrinst und genickt.

Die Waiz
auf dem Dachboden

Waizgeschichten waren schon immer etwas, dem ich gerne zugehört habe, wenn die Alten die ein, oder andere erzählt haben. Als Kind hat mich das fasziniert und gerade, weil es im eigentlichen Sinn nicht für Kinder gedacht gewesen ist, hat man so einiges angestellt, um doch zuhören zu können. So habe ich auch erfahren, dass der Vorbesitzer des Grundstücks, auf dem mein Vater unser Haus gebaut hat, sitzend in der Küche gestorben sein soll. Den kalten Kaffee noch in der Hand, mit dem Gesicht auf der Tischplatte, will man ihn gefunden haben.

"Der hat noch nicht alles erledigt", hat man die Leut' reden gehört und auch, wenn das alte Haus, in dem der Mann gestorben war, abgerissen wurde, so wäre der Geist an diesen Ort gebunden.

Wir sind eingezogen, als ich dreizehn Jahre alt war und bis zu meinem zwanzigsten Lenz konnte ich nichts davon feststellen, dass sich hier nachts einer herumtreiben sollte, der nicht zur Familie gehörte. Bis auf ein paar junge Männer, die ich mit der Zeit kennengelernt hatte und die in mehr, oder weniger regelmäßigen Abständen mit dem Motorrad über den Feldweg vor unserem Haus fuhren, gab es keine ungeladenen Gäste. Doch diese eine Nacht, werde ich mein Leben lang nicht mehr vergessen. Meine Mutter war im Krankenhaus und mein Vater befand sich auf Montage. Nach der Arbeit besuchte ich meine Mutter, erledigte den Haushalt, als ich wieder daheim war und richtete mir eine Wurstsemmel als Abendbrot. Ich war alleine im Haus. Das erste Mal in meinem Leben, wirklich alleine. Ich setzte mich in den Fernsehsessel und zappte durch die Kanäle, doch irgendwie fand ich kein Programm, das mir zusagte. Es war seltsam, so überhaupt niemanden in meiner Nähe zu wissen. Kein einziges Geräusch war zu vernehmen, als ich den Fernseher ausgeschaltet hatte. Plötzlich knarrte etwas. Der Ton war laut und schien von oben zu kommen. Angespannt lauschte ich in die Nacht hinein. Es dauerte nicht lange und ein ächzender Ton durchfuhr die Dunkelheit. Mir wurde anders und die alten Geschichten waren plötzlich in meinem Kopf. War da etwas Wahres dran? An den alten Geschichten von den Seelen, die auf der Erde wanderten, weil sie noch etwas zu erledigen hatten? Ein Knacken unterbrach meine Gedankengänge. Die Geräusche kamen eindeutig vom Speicher.

Was zum Donner war das? Ich beschloss, der Sache auf den Grund zu gehen und ging in die Küche. Mit Nudelholz und Taschenlampe bewaffnet, folgte ich dem neuerlichen Ton, den ich vernahm. Jetzt war es ein Kratzen, das ich hörte. Mein Herz schlug mir bis zum Hals, als ich zittrig die Treppe in den Speicher hochstieg.

Jetzt – oder nie! – dachte ich und riss die Feuerschutztür auf. Wild fuchtelte ich mit der Taschenlampe durch den Raum. Da huschte etwas über den Boden, kratzende Geräusche verrieten flinke Krallen, die am Beton kratzten. Vor Schreck schrie ich auf und die Taschenlampe fiel mir aus der Hand. Ich beeilte mich sie wieder aufzuheben und versuchte den Lichtkegel auf das huschende Ding zu richten, um zu sehen, was genau es war. Leuchtende, kleine Augen starrten mich von einem der Stützbalken an und ein weiteres Knarren, aus einer ganz anderen Richtung fuhr durch die Dunkelheit.

Die Angst packte mich so sehr, dass ich panisch die Tür zum Speicher zuschlug, den Schlüssel umdrehte, so oft er sich nur drehen ließ und eilig die Treppe hinunter hastete.

Was immer auch auf dem Boden war, es würde nicht zu mir herunterkönnen. Mit Sicherheit war es nicht der Geist des alten Mannes, der hier einmal gestorben war. Es musste etwas Schlimmeres sein, mit leuchtenden Augen und scharfen Krallen.

Ich hatte mich in mein Zimmer eingeschlossen und

lauschte noch lange den kratzenden Geräuschen, dem Knarren und Knacken, das vom Dachboden her zu mir drang, bis ich endlich eingeschlafen war. Am nächsten Morgen kam mir alles sehr unwirklich vor. Es Knarrte nicht und es knackte nicht. Man hätte sagen können, es herrschte eine Totenstille im ganzen Haus. Ich beschloss, noch einmal auf dem Dachboden nachzusehen, was da letzte Nacht gewesen sein könnte. Im hellen Tageslicht schien alles ganz harmlos zu sein. Ich sperrte die Tür auf und betrat den Speicher. Ein abgestandener Geruch lag in der Luft und ich öffnete das Fenster, um zu lüften. Da huschte etwas Braunes an mir vorbei, blieb kurz auf dem Fensterrahmen sitzen. Ich erschrak, bevor ich erkannte, dass es ein Eichhörnchen war. Dieser kleine Genosse hatte mir also letzte Nacht so einen Schrecken verpasst. Erleichtert fing ich an zu lachen.

Als mein Vater abends anrief, um sich nach meiner Mutter zu erkundigen, erzählte ich ihm die Geschichte. Dabei klärte sich auch das Knacken und Knarzen auf, das von den Balken kam. Holz arbeitet, wenn die Temperatur schwankt, was im Herbst öfter der Fall ist.

Der Preisrammler

Der Sepp, der Vitus, der Xav' und der Bertl waren Arbeitskollegen und Freunde. Auch, wenn der Vitus ein bisserl ein anderer gewesen war, weil er es mit der Tierliebe in den Augen seiner Spezln manchmal arg übertrieb, so hatten sie ihn doch auch gern. Eines Tages war er mit einem hölzernen Kasten in der Baubude angekommen und strahlte über beide Backen.

"Ja was hast du denn da?", wurde er von dem Xav gefragt, der sich gerne mal über den Vitus lustig machte. "Hat dir dei Resal so viel Brotzeit eingepackt, dass d' jetzt schon an ganzen Kast'n brauchst?" Der Vitus hat nur gegrinst und ganz geheimnisvoll getan.

"Wollt's a mal den schönsten Rammler von ganz Oberbayern seh'n?", hat er gefragt. Natürlich wollten die Freunde den Hasen begutachten und sie staunten nicht schlecht, als der Vitus den Deckel von der Kiste nahm. Ein wahres Prachtstück von einem Rammler hat da im Heu gesessen. Ein echter Prackl. Schneeweiß, mit blauen Augen und einem zartrosa Naserl, saß des Viecherl da und mümmelte vor sich hin. Vorne an der Kiste prangte ein blaues Sieger-Schleifchen mit einer fetten 1 in der Mitte und dem Vitus war der Stolz auf seinen Preisrammler mit dem makellosen Fell schon anzusehen.

"Der wird jeden Tag eine halbe Stund' bürstet und kriegt nur g'schälte Karotten und Apfelspeiterl. Des macht a schönes Fell", klärte er die anderen drei auf. Die Sirene schrillte und signalisierte den Freunden, dass es jetzt Zeit wäre an die Arbeit zu gehen. Der Vitus verschloss die Kiste wieder und sie machen sich auf, um ihren Dienst zu tun. Um die Mittagszeit machten die vier Freunde Brotzeit und der Vitus kümmerte sich um seinen Rammler. Er strich ihm sanft über das weiße Fell und kraulte ihn hinter den Ohren. Zum Abschluss bekam er noch ein Stück gelbe Rübe, die er ihm abgeschält hatte. Als sie wieder an die Arbeit gingen, blieb der Xav' zurück. Er hätte was vergessen und so dachte sich keiner etwas dabei, als er erst eine viertel Stund' später auftauchte. Nur der Bertl bemerkte, dass an dem Xav' etwas anders war, als vorher.

"Was hast denn g'macht?", flüsterte er ihm zu.

"Ich hab mit dem Hasen ein bisserl gespielt", sagte der und grinste recht hintergründig. Mehr war nicht aus dem Xav' heraus zu bekommen. Erst beim Feierabendbier kam heraus, was er damit gemeint hatte.

Sie hörten den Vitus schon schreien, als sie auf die Baubude zuhielten. Ganz aufgelöst kam er ihnen entgegen, den Kasten mit dem Rammler in der Hand, Tränen in den Augen und mit weinerlicher Stimme informierte er seine Freunde, dass sein schöner Rammler plötzlich kohlrabenschwarz sei. Sofort würde er mit ihm zum Tierarzt gehen, weil das eine schlimme Krankheit sein musste, die den Hasen so ins Gegenteil verfärbt hatte. Mit eiligen Schritten ist der Vitus dann mit seinem Preisrammler von der Baustelle verschwunden und die anderen gingen leicht verwirrt in die Bude.

"Hast du damit was zu tun?", fragte der Bertl den Xav', der daraufhin anfing zu lachen.

"Der Tierarzt wird ihm a Stückerl Kernseife in die Hand drücken, damit er dem Haserer den Ruß aus 'm Fell waschen kann."

"Wie kommt denn der Has zu einem Ruß?", wollt der Sepp wissen, der den Zusammenhang noch nicht verstanden hatte.

"Wo ihr nach dem Mittag wieder an die Arbeit gegangen seid, da hab ich das Ofenrohr von der Baubude genommen und den Hasen einmal durchlaufen lassen, weil der Vitus so furchtbar stolz auf das Viech war, dass es nimma zum Aushalten gewesen ist. Den ganzen Vormittag hat er mich damit vollgelabert, wie toll doch sein Rammler ist, dass er den ersten Preis wegen seinem schönen weißen Fell g'macht hätt und was der Has jetzt wert sei.

Da hab ich mir gedacht, dass es vielleicht gar nicht so schlecht wär, wenn er ein bisschen eine Farbe bekommen würde."

Der Vitus hat eine ganze Woche nicht mehr mit dem Xav' geredet. Hernach hat sich das aber wieder gegeben, denn Freunde sind halt doch Freunde und wenn einer gar keinen Spaß versteht, dann wird er keine Freunde haben. Der Xav' hat ein halbes Jahr darauf vom Vitus eine Retourkutsche bekommen, die sich gewaschen hat.

Aber das ist eine andere Geschichte.

De wuide Henn

Der Bertl ist in jungen Jahren schon von daheim weggekommen und hat seine Lehre in der münchener Gegend bei einem Verwandten absolviert. Da hat es keinen Platz für ihn im Haus gegeben und er musste sich mit der Gartenhütte als Unterkunft zufrieden geben. Im Sommer war das kein Problem, aber im Winter hatte er oft eine Rauhschicht auf der Bettdecke gehabt, weil es nicht isoliert gewesen war und die Wärme nicht gehalten hat. Schön hat er es also nicht gehabt, während er gelernt hat, aber in seiner freien Zeit, war er ein junger Mann, wie alle anderen in der damaligen Zeit.

Nicht weit von ihm hat es eine Witwe gegeben, die außer ein paar Hühnern nicht viel besessen hatte und als sich der Bertl ein Moped von seinem kargen Lohn zusammengespart hatte, fuhr er öfters einmal bei der Frau vorbei, um sich ein paar Eier zu holen. Eine von den Hennen setzte sich jedes Mal auf seinem Lenker und wenn er wieder fuhr, scheuchte er das Geflügel erst von seinem Moped. Einmal hat er sie sitzen lassen, weil er sich gedacht hat, dass er das sehen will, ob die Henn nicht sitzen bleibt, wenn er losfährt. Und tatsächlich ist sie auf dem Lenker hocken geblieben und er hat eine Runde mit ihr gedreht. Die Witwe hat das gesehen und die Hände über dem Kopf zusammengeschlagen.

"Jessas na! Jetzt fahrt der mit meiner Henna Motorradl!", hat sie geschrien. Der Henne muss es gefallen haben, weil wie der Bertl wieder bei der Witwe angekommen ist, hat sie keine Anstalten gemacht von dem Moped herunter zu gehen. Da hat er gleich noch eine Runde mit ihr gedreht und alle, die ihn gesehen und gekannt haben, haben herzhaft gelacht und gerufen: "Ja Bertl, wo hast den de wuide Henn her?"

Die dümmsten Bauern

Die dümmsten Bauern haben die größten Kartoffeln, so heißt es im Volksmund und wer sich genau umsieht, der wird feststellen, dass es in jedem Dorf so einen dummen Bauern gibt. Sinnbildlich gesehen, bedeutet der Ausdruck nur, dass einer, ohne großes Zutun, immer wieder zu einem Geld kommt, oder Glück hat.

Der Sturmbeck Franz war so einer. Nicht der dümmste Bauer, aber doch einer, bei dem die Kartoffeln ein wenig größer waren, als bei allen anderen.

So meinte es das Schicksal gut mit ihm und bescherte ihm eine liebe Frau mit einer nicht allzu kleinen Mitgift und einen schnellen Tod der Schwiegermutter, die ihn von Anfang an nicht hat leiden können. Der Zufall, dass beide Höfe nebeneinander gelegen hatten, kam gerade recht, denn so wurde aus zwei mittleren ein großer und auch die Geschwister seiner Frau hatten kein Interesse an der Landwirtschaft, so dass in kürzester Zeit aus dem rotbackigem Bauernbub ein Großgrundbesitzer geworden war. Wer so schnell aufsteigt, der hat auch Neider und dem Strumbeck Franz waren gleich zwei neidig um Hab und Gut und um seine hübsche Frau. Der eine zündete ihm den Stadl an und als der Franz mit seiner Irene vor der Asche stand, meinte er nur, dass er ihn demnächst sowieso abgerissen hätte, weil er dem alten Zeug schon länger nicht mehr traute. Beim Wegräumen der hölzernen Überreste stolperte er über eine Kiste, in der er einen ganzen Beutel voller Münzgeld fand und das war so viel, dass er sich damit einen neuen Stadl bauen konnte.

Der andere seiner Neider versuchte immer wieder ihm die Irene abspenstig zu machen und so lagen des Öfteren Blumensträuße vor der Tür, oder kleine Geschenke. Der Irene war das zuwider und sie beteuerte dem Franz jedes Mal ihre Unschuld. Der Sturmbeck glaubte seiner Frau, wusste er doch um den Widersacher.

"Nimm 's ruhig an", sagte er zu seiner Reni. "Wenn einer so scharf darauf ist sein Geld loszuwerden, dann soll man ihm nicht dabei im Weg stehen."

In dem Jahr, als er der einzige war, der Mais angebaut hatte, stiegen die Preise dafür wie verrückt, so dass er einen schönen Batzen Geld zur Seite bringen konnte. Im Jahr darauf baute er Kartoffeln und obwohl sie nicht die besten waren, bekam er auch dafür einen guten Preis, weil viele Bauern gemeint hatten der Maispreis würde sich noch einmal widerholen.

So lebte er glücklich mit seiner Frau und wie es auch kam und welches Unheil auch über den Hof rollte, so folgte immer etwas Erfreuliches hinterdrein, so dass sie keine wirklichen Sorgen hatten.

Ich bin mir sicher, auch in deinem Dorf gibt es einen solchen Bauern, bei dem sich letztlich doch immer wieder alles zum Guten wendet.

Der Überflieger

In meiner Kindheit hatte mein Vater einen Spezl, der Rösser gehalten hat. Jetzt ist es beinahe schon ein Naturgesetz, dass junge Mädchen, wie ich eines war, ganz narrisch waren, auf die Vierbeiner, auf denen man reiten konnte. Da war es ganz normal, dass ich meinen Eltern fast die Haut abgezogen hätt, nur damit ich reiten kann. Weil der Fullinger, das war der Freund von meinem Vater, nicht weit weg gewohnt hat, blieb mir dieser Wunsch nicht unerfüllt. Fast jedes Wochenende sind wir hingefahren und meine Eltern haben in der Stube Kaffee getrunken, während ich auf einem der Zossen saß und an der Longe reiten durfte. Der Sohn vom Fullinger war ein ganz ein netter, der mir das gerne beigebracht hat.

An einem Sonntag, wo wir auch wieder beim Fullinger waren, hat er mich auf die Seite genommen und mir gesagt, dass heut ein ganz ein toller Reiter kommen würde, der sich den Traber anschauen möchte, den er erst auf der Rennbahn gekauft hatte. Ich war ganz aus dem Häuschen und freute

mich riesig auf den hohen Besuch. Als er dann endlich kam, mit seinem fetten Mercedes, stellte sich
schnell heraus, dass er ein ziemlicher Depp gewesen ist. Mich hat er gar nicht beachtet und als ich
ihn was übers Reiten fragen wollte, da hat er mich
einfach auf die Seite geschoben und so getan, als
wäre ich gar nicht da. Da hatte ich die Nase voll
von dem tollen Reiter und hab mich wieder auf
mein Pferd gesetzt. Lange sind sie im Stall gewesen, der Fullinger und der Depp und als sie wieder
herausgekommen sind, hat er einen Blick auf meinen Luwal geworfen, auf dem ich gesessen bin. Der
Luwal war aber ein eigenwilliger Hengst, der nicht
einen jeden gemocht hat. Mich hat er gleich von
Anfang an lieb gehabt und nur deswegen durfte ich
aufsitzen. Der feine Herr bestand aber darauf, dass
er ausgerechnet den Luwal reiten wollte und dann
wollte er den Traber ausprobieren. Der Fullinger
hat mir also von dem Pferd geholfen und sein Junge hat den Traber aus dem Stall geholt, um ihn
aufzuwärmen. Mir hat das gar nicht gefallen, dass
ich wegen dem vom Pferd hab steigen müssen. Der
Profireiter hat sich umgezogen und als er wieder
auftauchte, sah er zum Brüllen aus. Weiße Reiterhosen und Wildlederstiefel, ein Anzügerl in violett,
wie für ein Mädchen und einen Spitzenkragen hat
er am Hemd gehabt. Mit Helm und Peitsche ist er
auf die Koppel und auf den Luwal zu, der gleich die
Ohren angelegt hat. Der Fullinger hat ihn noch ge-

warnt, weil der Luwal doch seinen eigenen Kopf hatte, was seinen Reiter betraf doch der Depp hat abgewehrt und gemeint, das Pferd, das er nicht reiten kann, das müsse erst noch geboren werden. Nach einem vorsichtigen weiteren Rat, lenkte der Super-Jockey so weit ein, dass er erst ein paar Runden auf der Koppel drehen wollte, bevor er mit dem Luwal ins Gelände reiten würde.

Der Fullinger und ich stellten uns also auf die Treppe vorm Haus, um das Elend nicht durchgehend sehen zu müssen. Ein Teil der Koppel war mit Thujen eingefasst und wenn der tolle Reiter an ihnen vorbeikam, sah man nur den Hut über den grünen Zaunspitzen hüpfen. Die erste Runde meisterte er und auch die zweite schien zu funktionieren. Dann hörten wir den Luwal, der plötzlich wieherte. Die Hufe fielen in Galopp, dann eine hörbare Vollbremsung und ein Aufbäumen. Der lebendige Zaun versperrte die Sicht und so sahen wir erst nur die Kappe, dann flog die Peitsche in hohem Bogen, gefolgt von einem paar Stiefeln, in denen noch Beine mit Reiterhosen steckten. Fluchend krabbelte der Rennpferdspezialist durch das Gatter der Koppel und humpelte auf uns zu. Ich bin zu meinem Luwal gelaufen und hab mich wieder in den Sattel gesetzt. Schadenfroh bin ich in der Koppel geritten und hab nicht einmal mitbekommen, wie der feine Herr wieder gefahren ist. Der Fullinger hat mir dann später erzählt, dass es dem Jockey nicht ums

Verrecken eingegangen ist, wie ich den Hengst so reiten kann, wo ich doch nur ein Kind sei.

Den Traber hat er nicht mehr geritten und auch nicht gekauft. Aber das war dem Fullinger egal, weil er dafür gesehen hat, wie ein Meister vom Himmel gefallen ist. Und das passiert schließlich nicht alle Tage.

So ist das, mit den Überfliegern, die meinen, sie könnten alles besser, als andere.

Weihnachten,
wie ich es kenne

Wenn wir von Geschichten von Früher reden, dann kommt uns das immer so ewig lang her vor. Unsere eigenen Erlebnisse, werden dabei gar nicht gewürdigt, denn wir denken automatisch an eine Zeit, bevor es uns überhaupt gegeben hat. Was die Alten erzählt haben, wie es früher war. Doch wer sind die Alten? Für mich sind es die Eltern und Großeltern gewesen, die mir das erzählt haben, doch auch meine eigene Jugend gehört unter den Begriff "Früher", oder "Damals". Ich selbst bin ein Teil der Alten, denn meine Kindheit liegt über dreißig Jahre zurück. Deshalb möchte ich erzählen, wie Weihnachten früher war, als ich noch ein Kind gewesen bin.

Weihnachten war eine besondere Zeit. Nikoläuse und Lebkuchen waren noch nicht bereits Mitte August in den Läden und damals, als ich ein Kind war, gab es auch keinen Discounter in der Nähe. Wir hatten einen Tante-Emma-Laden im Dorf, wo man nicht ständig immer alles bekommen hat. Lebkuchen gab es in drei Sorten und Nikoläuse waren nicht in allen Variationen erhältlich. Mitte November sah man die Ersten und da lag auch meistens schon gut Schnee. Meine Mutter hat in der Woche vor dem ersten Advent angefangen zu backen, damit am Adventssonntag die ersten Plätzchen zum Kaffee da waren. Es waren einfache Butterplätzchen, die maximal noch mit Ei bestrichen waren. Zuckerperlen, oder Schokostreusel hat es bei uns nicht gegeben. In der Woche vor dem zweiten Advent wurde Spritzgebäck gemacht und ich durfte die Enden in Kuvertüre tauchen. Eine Woche darauf machte man Spitzbuben und in der letzten Woche vor Weihnachten wurde nachgebacken, wenn von den einfachen Plätzchen nicht mehr allzu viele da waren. In dieser Woche hat mein Vater auch den Christbaum besorgt. Dabei sind wir meist durch unzählige Pflanzungen gelaufen, bis dann endlich einer gepasst hat. Zu Hause wurde er noch einmal begutachtet und bereits auf dem Balkon aufgestellt, damit sich die Äste noch ein wenig aushängen konnten, bevor er in die Stube kommen sollte. Wie er da so stand stellte man fest, dass er doch nicht passte und es wurde geschnitten und gesägt. Äste wurden entfernt und an anderer Stelle eingebohrt, damit der Baum auch nach Baum aussah.

In der Nacht vom 23ten auf den 24ten Dezember richteten meine Eltern das Weihnachtszimmer her.

Es war immer hart für mich gewesen, dass ich einen ganzen Tag lang nicht ins Wohnzimmer durfte, das von der Küche mit einem Leintuch abgetrennt war. Ich denke, für meine Mutter war der Tag auch anstrengend, denn sie musste ja Acht geben, dass ich nicht eine Ecke des Kreppbandes löste, um ins Weihnachtszimmer zu spitzen. Manchmal bin ich stundenlang unter der Küchenbank gelegen, mit einer Stecknadel in der Hand und habe versucht kleine Sichtlöcher in das Gewebe zu bohren.

Nachmittags sind wir dann zur Oma gefahren. Da gab es eine kleine Bescherung. Meine Oma hatte immer einen kleinen Baum, der jedes Jahr gleich aussah. Er stand auf einem Schränkchen in einem Ständer aus grün lasierter Keramik. Sie wollte immer, dass ich unter dem Baum singe, aber das habe ich nie gemacht. Nach dem Besuch sind wir dann wieder nach Hause gefahren und das dumme Laken hing immer noch in der Tür. Zum Abendbrot gab es Weißwürst, oder Wienerl mit Brot. Jedes Jahr. Und jedes Jahr wurde ich unter irgendeinem Vorwand in mein Zimmer geschickt, bis das Glöckchen läutete. Dann war das Weihnachtszimmer offen, das Laken verschwunden und der geschmückte Baum hatte brennende, echte Kerzen, die einen ganz besonderen Schein auf die Kugeln warfen. Es roch nach Tannennadeln und Plätzchen und meine Mutter hatte weihnachtliche Musik in den Kassettenrekorder gelegt. Sie wollte auch immer, dass gesungen wird, aber weder mein Vater, noch ich haben uns dazu breit schlagen lassen.

Die Geschenke wurden verteilt und jeder hat sich über das Geschenkte gefreut. Ich habe oft etwas zum Anziehen bekommen, aber wenn ich einen richtigen Herzenswunsch hatte, dann hat er sich meistens erfüllt. Es war halt dann etwas, das man sich wirklich gewünscht hatte und auf das man schon Wochen vorher hin gefiebert hat. Heute ist alles ein bisschen anders. Und ich bin mir sicher, in dreißig Jahren, wird auch Heute - Damals sein.

Die Autorin...

...Gabriele Steininger wurde 1977 in
der kleinen bayerischen Stadt Bad
Kötzting geboren. Schon als Kind ent-
deckte sie ihre Affinität für das ge-
schriebene Wort.
"Hund is Hund war eines meiner ersten
Bücher, die ich geschrieben habe.
Lange Zeit gab es nur die Urfassung als
E-Book zum Downloaden. Mit sehr viel
Dialekt und geschrieben, wie mir der

Schnabel gewachsen ist, hatte es nur wenige Geschichten. Jetzt
wurde es überarbeitet und hat einiges an Umfang zugelegt..."
Seit dieser Zeit hat sie mehrere Bücher in unterschiedlichen
Genres unter verschiedenen Pseudonymen herausgebracht.
Unter den Initialen M.G.St. finden sich Werke in den Bereichen
Krimi, Fantasy, Kurzgeschichten und Sammlungen über das Leben, wie es früher war, Brauchtum und Aberglaube. Wer sie
persönlich kennt, versteht, warum sie sich nicht auf eine Richtung festlegen kann.
Unverwechselbar ist ihr Schreibstil, der sich von der wabernden
Masse der Schriftsteller deutlich abhebt. Vielleicht liegt es auch
an dem vielen Herzblut, welches sie in ihre Bücher steckt, dass
sie sich einer stetig wachsenden Leserschaft erfreuen kann.
Eine vielversprechende Persönlichkeit, von der wir noch einiges
erwarten dürfen.

Rechtliche Hinweise